就算回到过去,
如果你想见的那人从不曾来过那家咖啡店,
也无法见到。

紫图图书 出品

咖啡变冷之前

[日]川口俊和 著　　丁世佳 译

**Before
the coffee
gets cold**

北京日报出版社

然而,那些不忍重温的经历,
即使再经历一次,
有些人也义无反顾。

目 录 Contents

序　幕　　　—— 1

Chapter One
错过的答案　　—— 3
有些告别不需要语言,
沉默才是最锋利的刀

Chapter Two
记忆的囚徒　　—— 63
死亡不是终点,
被遗忘才是

Chapter Three
血痕与救赎　　—— 121
她追逐消失的背影,
却撞见自己的倒影

Chapter Four
迟到的相逢　　—— 179
生命未及见面,
思念已长成参天模样

序　幕

在某个城镇的某家咖啡店的某个座位,有着不可思议的都市传说——只要坐上那个座位,就能回到任何你想回去的时间点。

可是,想回到过去的时间点,需要遵守一些令人讨厌的规则:

第一,就算回到过去,也无法见到未曾来过这家咖啡店的人。

第二,回到过去之后,无论如何努力也改变不了现实。

第三,能回到过去的那个座位上如果有人,必须等到那个人起身离开后才能去坐。

第四,回到过去之后,无法离开座位自由行动。

第五,留在过去的时间,只能是从咖啡倒入杯中开始,到咖啡冷却为止。

因此，每天都有很多客人前来光顾这家咖啡店。

这家咖啡店的名字，叫"缆车之行"。

有这么多规则要遵守，你还想回到过去吗？

本书所讲的就是在这家不可思议的咖啡店里，发生的四个温暖人心的奇迹。

要是能回到那一天，你想见到谁？

咖啡变冷之前

Chapter One

错过的答案

我们总在拼命证明自己不需要被爱，
直到失去才看懂那份逞强。

"我该走了。"男人小声地说着，一边把手伸向行李箱，一边站起身来。

"啊？"女人抬头讶异地看着男人。被交往三年的男朋友约出来，说有重要的事要跟她说，结果是男朋友因为工作的关系突然要去美国，而且再过几个小时就要出发了。即使男人连"分手"的"分"字都没说，女人也能明白重要的事就是分手，可笑的是她误以为重要的事是结婚。

"怎么了？"男人避开女人的视线，问道。

"可以好好解释一下吗？"女人用男人最讨厌的质问腔调逼问。

两人所在的咖啡店位于地下室，没有窗户，照明设备只有天花板上悬挂的六盏罩灯和门边墙上的一盏壁灯而已。因此店内总是一片昏黄，只能依靠那几座落地钟来分辨白昼和黑夜。

这家店里有三座古老的落地钟，在不分时区的情况下它们显示了不同的时间，不知道是故意调成这样的还是坏了，所以客人只好靠自己的表来确认时间。

男人也不例外，他看了看手表，挑了挑右边的眉毛，下唇微微颤动。

女人看着男人的表情，夸张地挑衅道："你刚刚一定在想：'搞什么，这家伙真麻烦。'对吧？"

"我没有。"男人紧张地回答。

"分明就有。"女人完全不理会男人紧张的情绪。

男人移开视线沉默不语，下唇再度颤动。

男人此刻的态度让女人十分不悦，她双眼圆睁瞪着男人："你是打算要我说吗？"女人伸手拿起面前已经冷却的咖啡，冷却的咖啡喝起来只有苦味，这让女人的心情更加郁闷。

男人再度看了看手表，他在推算时间，差不多该离开这家咖啡店前往机场了。他不安地挠了挠右眉上方。女人从眼角看见了男人担心时间的样子，她更加不悦，粗暴地放下杯子。因为用力过猛，杯子和托盘碰撞的响声把男人吓了一跳。

男人挠着右眉的手又胡乱捋了捋头发，接着他深吸了一口气，慢慢地坐回女人对面的位子，显然不像刚才那样紧张了。

女人困惑地看着男人态度的转变，然后低下头盯着自己放在膝盖上的双手。

在意时间的男人不等女人抬起头来便开口说："那个……"他语调清晰，不再像刚才那般小声。

但是，女人好像要阻止他继续说下去一般，头也没抬地说道："你走吧。"

女人显然拒绝接受他的说辞，男人猝不及防，仿佛时间停止了似的一动不动。

"你赶时间，不是吗？"女人像是闹别扭的孩子般如此说道。男人好像没有完全理解女人的意思，脸上露出困惑的神情。女人大概也意识到了自己孩子气的说话方式有些不妥，她尴尬地咬住下唇，转移视线不看男人。

男人默默站了起来，对着吧台后方的女服务员说："不好意思，结账。"男人伸手要拿账单，但账单却被女人按住了，"我还没走呢。"她本打算说"我自己付"，但男人抽走了账单，走向吧台："一起算。"

女人仍旧坐着，转过头来看向男人。可男人看也不看她一眼，从钱包里拿出钞票。

"不用找了。"他把钞票和账单一起递给女服务员。只一瞬间,他带着悲伤的表情回头看了女人一眼,然后拖着行李箱离开了。

"那是一周前发生的事了。"清川二美子说道。她巧妙地避开面前的咖啡杯,像慢慢泄气的气球般懒懒地趴在桌上。

二美子缓缓地说出了一周前在这家咖啡店里所发生的事情,一直默默听着的女服务员和坐在吧台前的客人则面面相觑。

二美子在高中时通过自学精通了六国语言,又以第一名的成绩从早稻田大学毕业,之后就职于东京著名的与医疗相关的大型 IT 公司,工作第二年就升职为主管。总之,她是个精明干练的职场女强人。

二美子应该是下班后直接来咖啡店的,她的穿着是常见的上班族打扮——白衬衫、黑外套和长裤。她有着模特般完美的体型,以及一点也不常见的外貌——偶像般精致漂亮的五官,披肩黑发就像天使的光环,圈住鲜明的轮廓。这样的大美女，任谁看见了都会眼前一亮。

对于自己的美貌，二美子有没有察觉则是另外一回事了。她一直醉心于工作，当然这并不是说她没谈过恋爱，只不过她觉得比起谈恋爱，工作更有魅力，仅此而已。二美子十分满意现在的工作。

"工作就是我的恋人。"她这么说着，像拂去灰尘一样不知拒绝了多少男性的邀约。

她当然谈过男朋友，那个人叫贺田多五郎。多五郎是系统工程师，跟二美子一样在与医疗相关的公司上班。两年前，多五郎通过客户认识了大他三岁的二美子，后来成了她的男朋友。不对，准确来说，是前男友。

一周前，多五郎约二美子见面，说有重要的事要说。二美子穿着高雅的浅粉红连衣裙、米色的春季大衣和一双白色中跟鞋来到约定的地点。

在跟多五郎交往之前，一心工作的二美子除了套装没有别的衣服，跟多五郎约会大多是下班之后，也就更不需要其他衣物。然而，听到"重要的事"让二美子察觉到这次的会面有些特别，她心中充满着期待，便特地去添购了新装。

但是，约定好见面的那家咖啡厅贴着"暂停营业"的标牌。那家店他们常去，而且每张桌位都类似包厢，在那里谈重要的事很合适，因此，看到"暂停营业"，二美子跟多五郎都很失望，无奈之下只好另觅他处。他们看见人烟稀少的小巷里有个咖啡店的招牌，这家店开在地下室，从外面完全看不出店里是怎样的气氛，只因为店名"缆车之行"是他们俩都喜欢的，于是两人就走了进去。

一进去，二美子就后悔了。空间比她想象的还狭隘，店里只有三张两人位的桌子，吧台也只有三个座位。也就是说，九个人就坐满了这家店。二美子期待的重要的事必须要用极小的声音说，不然所有人都能听到，而且只有几盏罩灯照明的昏黄室内也不是二美子所喜欢的。

"秘密交易的场所"是这家咖啡店给二美子的第一印象。二美子一边徒劳地警戒四周，一边怯怯地在空着的桌旁坐下。

店里有三个客人：最里面的桌子坐着一个穿着白色半袖连衣裙的女人，她正静静地看着书；门口边的桌子则坐着一个长相平凡的男人，他把旅游杂志摊放在桌上，并用小记事本写着笔记；坐在吧台的是一个穿着大红色背心和绿色紧身裤，头发上缠着发卷的女人，椅背上搭着一件披肩。而此时只有这个头上缠着发卷的女人偷看着二美子他们，二美子跟多五郎说话的时候，她时不时跟吧台后的女服务员搭话,有时还大声地笑出来。

　　头上缠着发卷的女人听完二美子的话回应道:"原来如此。"这并不是同意,只是在二美子的话暂时告一段落时,她顺势回应而已。

　　她叫平井八绘子,今年刚满三十岁,在附近经营一家小酒馆,是这里的常客,上班前一定会来这家咖啡店喝咖啡。但今天她的衣服跟一周前不一样,露肩的黄色小吊带,大红色迷你裙和鲜艳的紫色紧身裤。她盘着腿坐在吧台的椅子上,听二美子说话。

　　"一周之前的事,你还记得吧?"二美子站起来,走向吧台后面的女服务员。

　　"嗯,记得。"女服务员回答道,但她并没有看二美子。

　　女服务员叫时田数,是这家咖啡店老板的堂妹,在美术大学念书,没有课的时候在这里兼职。她皮肤白皙,一双凤眼,面容清秀,但没有特色,没有存在感。如果你看她一眼后,把眼睛闭起来,便想不起她到底长什么样子。她觉得跟别人扯上关系很麻烦，因此她的朋友并不多。

"现在你男朋友呢？"平井兴味索然地玩弄着咖啡杯，问道。

"在美国。"二美子鼓起面颊回答。

"也就是说，他选择了工作，抛弃了你？"平井看也不看二美子一眼，一针见血地问。

"才不是！"二美子睁大双眼反驳。

"不是去了美国吗？"平井带着惊讶的神色回道。

"我刚才说的，你还是不明白吗？"二美子拼命否认。

"明白什么？"

"我的女性自尊让我没办法放下身段，叫他不要去。"

"你也知道啊？"平井一边说一边把身子往后仰，好像要从椅子上摔下来似的。

二美子无视平井的反应，再次问数："你明白了吗？"

她向数求援，数想了几秒，看着她们俩反问："也就是说，其实你不想让他去美国？"

"当然，虽然如此……"二美子欲言又止。

平井看着二美子说："搞不懂。"要是换作平井，她一定会当场哭喊着"不要走"。当然那是假哭，眼泪是女人的武器。这是平井的理论。

二美子双眼发光地看着吧台后的数，认真地说："请让我回到那一天，一周前的那一天。"

听到"要回到一周之前"这种突如其来的要求，平井看着数困惑的面孔说："她要这样。"数也只是"啊，嗯"地应对，除此之外什么也没说。

几年前，这家咖啡店就因"可以回到过去"的都市传说而出名了，当时二美子并不是特别感兴趣，也完全忘了这回事，一周前来到这里完全是偶然。

昨晚二美子漫不经心地看着电视综艺节目，主持人一开始就提到"都市传说"，二美子一听顿时想起这家咖啡店的传闻，虽然只是些许模糊的记忆，但"能回到过去的咖啡店"这个重点她记得非常清楚。

"要是能回到过去，说不定可以重新来过，或许可以跟多五郎说清楚。"不切实际的希望在脑海中萦绕不去，让二美子失去了冷静的判断力。

次日早上，她连早饭都忘了吃，在办公室也无心工作，只等着下班时间的到来,她想尽快确定"到底能不能回到过去",能早一秒是一秒。工作时她注意力不集中,小错不断,连同事都忍不住问:"你还好吗?"越接近下班时间,二美子越是坐立不安。

从公司到咖啡店,搭电车需要三十分钟。二美子一下电车几乎是跑着来到咖啡店的,她呼呼地喘着气,进入店里。

"欢迎光临"的招呼声未落,二美子就对着数说:"请让我回到过去。"然后就一鼓作气地把事情经过说了一遍。

眼前两人的反应让二美子感到不安。平井看着二美子痴痴地笑,数则一脸冷漠,连看也不看二美子一眼。而且要是真能回到过去的话,这里应该挤满了人才是,可现在店里跟一周前一样,只有穿着白色连衣裙的女人、摊开旅游杂志的男人,以及平井和数四个人而已。

"可以……回到过去吧?"二美子有点不安地问道。或许应该一开始就问才对,但已经太迟了。

"到底能不能回到过去?"二美子逼问着吧台后的数。

被问的数仍然没有看二美子一眼，她模棱两可地回答："哎，啊，嗯。"

二美子一听到这个回答，立刻双眼发亮。不是"不能"，不是"不能"，这让她一下子振奋了起来。

"请让我回到过去。"二美子好像要跳过吧台般急切恳求道。

"回去要干什么？"平井一边啜饮已经冷却的咖啡，一边问道。

"重新来过。"二美子的眼神非常坚定。

"原来如此。"平井耸了耸肩。

"拜托了！"二美子提高了的声量在店里回响着。

最近二美子才开始意识到自己有想跟多五郎结婚的想法。今年二十八岁的她，在此之前总是被父母催问："没有中意的对象吗？""还没有结婚的打算吗？"二十五岁的妹妹去年结婚了，父母对她的催促则变本加厉，每星期都会发信息来问。二美子除了妹妹，还有一个二十三岁的弟弟，在老家也已经奉子成婚了，所以只剩下二美子是单身。

二美子虽然不急着结婚，但妹妹结婚让她的心境有了变化，开始觉得跟多五郎结婚也不错。

"还是跟她讲清楚比较好吧？"平井从豹纹小包里掏出

香烟，实事求是地说道，边说边点起香烟。

"也是。"数平静地回应道，然后绕过吧台，走到二美子面前。她看二美子的眼神就像安慰哭泣的孩子一样温柔。

"那个，请仔细听我说。"

"什……什么？"二美子紧张了起来。

"可以回去。确实可以回去，不过……"

"不过什么？"

"回到过去之后，无论如何努力也改变不了现实。"

听到"改变不了现实"，二美子有些出乎意料，一时之间不知该如何是好，不由得大声地叫道："什么？"

数继续冷静地解释："就算你回到过去，跟去了美国的男朋友表明了心意，也改变不了现实。"

二美子不想听，她拼命掩住耳朵，但是数却进一步说出她更加不想听到的话："他去美国的事实不会改变。"

二美子微微颤抖，数继续无情地说道："就算你回到过去，坦白跟他说'我不想你去美国'，或许你的心意能传达给他，但结果依旧不会改变。"

数的话让二美子不由得大声抗议："那样不就完全没有意义了吗？"

"恼羞成怒也没办法改变结果。"平井仿佛知道事情会变成这样,她一边吞云吐雾,一边冷静地插嘴说道。

"为什么?"二美子用求救的眼神问数。

"就算问为什么也没用。"数简洁地回答了二美子的疑问,"因为,规则就是这样。"

通常电影或小说里的穿越故事,都有着"即使回到过去,也不能有会影响结果的行为"这样的规定。比如,回到过去干扰父母结婚,或是妨碍他们相识的话,自己就不会出生,这样现实世界的自己就不复存在了。

大多数的穿越故事都有这样的规定。二美子也是相信"改变过去,现实就会改变"的人,所以她才想回到过去,希望能重新来过。

可惜,那是无法实现的梦想。

比起知道了"回到过去无论如何努力,也无法改变现实"这种令人难以置信的规则,二美子更想听到能让人信服的解释,但数只用"规则就是这样"一语带过。

不是数故意不说出原因,也不是太过困难而无法说明,就只是因为——规则就是这样。想必就连数也不明白其中缘由吧,她也只能无奈地说:"真是太遗憾了。"

平井看着二美子的脸,接着吐出一口烟。

"怎么会这样?"二美子全身无力,瘫坐在椅子上。

她清楚地想起杂志上关于这家咖啡店的介绍,从"解析知名的都市传说'能回到过去的咖啡店'真相"这个标题开始,内容大致如下:

这家叫"缆车之行"的咖啡店,据说因为能回到过去而门庭若市,但真正回到过去的人却微乎其微。

到底是为什么呢?

因为要回到过去,必须遵守这里的规则。

第一个规则是"就算回到过去,也无法见到未曾来过这家咖啡店的人"。因此随着目的不同,很可能"回到过去也就变得没有意义了"。

第二个规则是"回到过去之后,无论如何努力也改变不了现实"。为什么会有这种规定,就算再怎么问,店家也只会回答"不知道"。

而且在采访过程中,并没有找到曾经回到过去的人。也就是说,这家店到底能不能回到过去完全不得而知,就算真的能回去，不能改变现实，也就完全没有意义了，不是吗？

最后得出了这样的结论——以都市传说而言是很有趣，但找不出存在的意义。

最后补充说明，要想回到过去好像还有其他的条件，但详情不明。

等二美子回过神来时，平井已经坐在她的对面，缓缓地说着其他的规则。

二美子趴在桌上，盯着糖罐，心不在焉地听着。心想，为什么这家店的糖不是方糖？

"规则可不止这些呢。只有坐在这家咖啡店的某个座位上，才能回到过去，而且，回到过去的那段时间是不能离开那个座位的……"平井说完后反问数，"还有吗？"

"还有时间限制。"数擦着杯子，没有看向任何人，好像自言自语般补充道。

"时间限制？"二美子不由得抬起头反问数，数只微笑着点点头。

"老实说，听了这些之后，几乎没有人想回到过去。"平井用手指轻敲桌面，高兴地说。不对，其实平井是看着二美子感到很高兴:"很久没有见到像你这样毫不迟疑、完全会错意,直接说想回到过去的客人了。"

"平井小姐。"数责怪平井。

"世界上哪有那么称心如意的好事,还是放弃吧。"平井一不做二不休地继续说道。

"平井小姐!"数再度提醒她,这次语气稍强了些。

"没关系,没关系,这种事还是说清楚比较好。"

已经太迟了。二美子再度浑身无力地趴在桌子上,平井哈哈地笑了起来。

"咖啡续杯。"就在此时,离门口最近的、桌上摊着旅游杂志的男人对数说道。

"啊,好。"

"欢迎光临。"数的声音在店内响起。

一个女人走进店里,她穿着浅蓝色的连衣裙和米色的开衫、深蓝色的运动鞋,拿着纯白的包包。女人皮肤很白,眼睛像少女般闪闪发光。

"我回来了。"

"大嫂。"

数叫那个女人"大嫂",确切来说,那是她堂哥的太太,所以是堂嫂。那个女人叫时田计。

"樱花都谢了呢。"计其实并没有感到遗憾,她微笑着跟数说。

"是啊。"数爽快地回应着,态度没有像跟二美子说话那样客套,表情稍微柔和了一些。

"欢迎回来。"平井说。大概厌倦了捉弄二美子,平井从位子上起身,一边走向吧台,一边对着计问道:"你上哪儿去了?"

"医院。"

"定期健康检查?"

"对。"

"今天的脸色看起来还不错。"

"是吧。"

计歪着头,看了一眼趴在桌上的二美子,平井微微摇头,计就直接走进吧台后面的房间里去了。

过了一会儿有个高壮的男人走了进来，他穿着白色的厨师服和黑长裤，披着一件夹克，右手拿着一大串哐当作响的钥匙。他叫时田流，是这家咖啡店的老板。

"欢迎回来。"

数对流说道。流微微点头，一双细长的眼睛看向离门口最近的男人，他的桌子上摊着旅游杂志。

数替平井默默递过来的咖啡杯续杯，然后走进厨房。平井支着手肘静静地看着流，流则站定在那个男人面前。

"房木先生。"流用柔和的声音唤着。

被称为房木的男人，一瞬间好像不确定是不是在叫自己，慢慢地抬起头看着流。

"你好。"流轻声地打招呼。

"你好。"被称为房木的男人面无表情地回应，之后视线再度回到杂志上。

流就这样看着房木，然后朝厨房方向喊道："数。"

"什么事？"数从厨房探出头来回应。

"帮我打电话给高竹小姐。"

数瞬间愣了一下。

"因为她在找他。"流说完再度看向房木，数立刻明白了他的意思，回应着："嗯，知道了。"说完走到后面的房间里去打电话。

流看了一眼趴在桌子上的二美子，然后绕到吧台后方，从餐具柜里拿出杯子，在吧台下方的冰箱里取出一瓶橙汁，漫不经心地倒进杯子里，一口气喝掉后，走进厨房洗杯子，才刚进去，就听到有人用指甲敲吧台的咔咔声。

流探出头来，平井朝他招了招手，流慢慢地走出来，手都没擦干，平井将身子稍微往前倾。"情况怎样？"她轻声问道。

流一边找餐巾纸，一边回应："嗯？"这回应不知是回答她的问题，还是因为找不到餐巾纸而感到不满。

平井将声音压得更低了："我问的是身体检查。"

流没有回答，微微抓了一下鼻头。

"不好吗？"平井带着认真的表情担忧地问。

"这次好像不用住院了。"流的表情还是没有什么变化，喃喃自语地说道。

"这样啊。"平井静静地叹了一口气，抬眼看向计刚才走进去的房间。

计的心脏天生就不好，常常要住院，但她生性随和，乐观开朗，不管身体怎么不舒服，脸上总是挂着笑容。平井很清楚计的性格，才进一步跟流确认。

流终于找到纸巾擦了手，他突然转移话题："平井小姐还好吗？"

"什么？"平井一时之间没有明白流问的是什么，睁大了眼睛反问道。

"你妹妹常常过来吧？"

"啊，嗯。"平井环视店内，模棱两可地回答。

"你老家是开旅馆的吗？"

"算是吧。"

流并不清楚详细的情况，他只听说平井离家之后，旅馆由妹妹继承管理。

"你妹妹一个人管理旅馆肯定很辛苦。"

"没问题，没问题，我妹妹很能干的。"

"但是……"

"事到如今我是不会回去的。"她怂怂地说着，接着从豹纹小包里拿出跟字典一样大的钱包，哗啦哗啦地翻找零钱。

"为什么呢？"

"回去了也不能干什么啊。"她扮了个鬼脸歪着头回答。

"但是……"流还想继续说些什么。

然而,平井马上打断了流的话,"谢啦!"抛下这句话后,她把咖啡钱留在吧台上,逃跑般地匆匆离开了咖啡店。

流收起平井留下的零钱,看向趴在桌上的二美子。但也只是看看而已,他对这个趴在桌上的女人毫无兴趣,把刚收到的零钱放在手里把玩着。

"哥哥。"数探出头来叫流。

"嗯?"

"大嫂找你。"

"我知道了。"流环顾店内,接着把手中的零钱都给了数。

"高竹小姐说马上就来。"

流默默地点了点头,然后说:"拜托你看店了。"说完便走进后面的房间。

"好。"数回应着。但店里只有正在读小说的女人、趴在桌上的二美子,以及摊开杂志写笔记的房木而已。

数把手里的零钱放进收款机,就去收拾平井用过的咖啡杯。

店里一座古老的落地钟低沉地敲了五下。

"咖啡。"房木举起杯子,叫喊着吧台后面的数,他刚才点的续杯还没来。

"啊。"数慌忙跑进厨房,拿着一个盛着咖啡的透明玻璃咖啡壶出来。

"那我也要回到过去。"在桌子上趴了好一会儿的二美子喃喃道。

数一边替房木倒咖啡,一边用眼角看着二美子。

"那我也要回到过去。"二美子猛地起身,"不能改变也没关系,就这样也没关系。"说着她站起身来,毫不客气地走到数的眼前。

数轻轻地把咖啡杯放在房木的桌上,皱着眉头后退了两步说:"呃。"

二美子步步进逼,说:"所以就让我回去吧,回到一周之前。"她的语气里没有丝毫犹豫,可能是因为有机会回到过去让她感到兴奋,就连呼吸也开始急促了。

"啊,但是……"二美子气势汹汹的样子让数不知所措。她从二美子身侧闪过,逃回吧台后方,接着说道:"还有一个很重要的规定。"

"还有啊?"二美子听见这句话,皱起眉头叫道。

无法见到没有来过这家咖啡店的人,无法改变现实,只有某个特定的座位能回到过去,不能离开那个座位,有时间限制——二美子厌烦地用手指一一数着。

"这可能是最大的问题。"数缓缓地说着。

光是那些规则就够烦人的了,竟然还有"最大的问题",二美子简直气到不行。但是,她紧紧咬住嘴唇,双手抱胸,对数嗯嗯地点头,以表决心:"到了这个地步什么都没关系了,你说吧。"

数叹了一口气,意思是"我知道了",拿着透明的咖啡壶走进厨房。

二美子深吸了几口气,试图让自己平静下来。她当初要回到过去的目的是阻止多五郎去美国。阻止,听起来有些霸道,那就跟多五郎说"我不希望你去"的话,多五郎也许就不会走了,运气好的话,或许可以不分手。也就是说,之所以想回到过去,是因为"想改变现实"。

但要是现实无法改变的话,他们分手、多五郎去美国的事实全都无法改变。

然而,二美子现在非常想回到过去,想回去看看。回到过去这件事已经成了她的主要目的。能亲身体验这种不可思议的过程，让二美子非常激动。她不知道这是件好事还是坏事，但能有回到过去的经历，绝对是有益无害的。

二美子深深吸了一口气，她像是等待判决的被告一样满脸紧张。

数走了回来，在吧台后面说道："只有坐在这家咖啡店的某个座位上，才能回到过去。"

二美子一听，马上问道："哪里？要坐在哪里？"她左右转头环顾室内。

数没有理会二美子的反应，只是静静地盯着那位穿着白色连衣裙的女人。二美子察觉到数的视线，便顺着那个方向看过去。

"就是那个座位。"数静静地说。

"那个女人坐的位子？"二美子看向穿着白色连衣裙的女人，小声问吧台后的数。

"对。"数简洁地回答。

话音未落，二美子就迈步走向穿着白色连衣裙的女人。

那女人有着白皙透明的肌肤，与黑色长发形成了鲜明的对比，给人一种"红颜薄命"的印象。虽然已经是春天，但天气仍旧很凉，那女人穿着半袖连衣裙，身边并没有外套。

二美子觉得有点不对劲，但现在不是管这种闲事的时候。

"不好意思，可以跟你换一下位子吗？"二美子对那女人说道。她压抑着焦急的心情，尽量不失礼地提出要求。但是那女人毫无反应，简直就像是没听到一样。

二美子有点恼火，不过沉浸于书本中而没有听到周遭的声音也是有可能的，她心想一定是如此，便再度开口："不好意思，你听见了吗？"

那女人依旧没有任何反应。

"没用的。"二美子身后传来数的声音。

二美子花了一点儿时间来理解数说的"没用的"这句话是什么意思。

想要她让位是"没用的"吗？礼貌地说要跟她换位子是"没用的"吗？难道这也是什么规则吗？不遵守这个规则就不行吗？这样的话，说"没用的"好像哪里不对？

二美子的脑海中盘旋着这些想法，虽然她动了脑筋，可脱口而出的依旧是非常普通的问句："为什么？"

二美子用孩子般纯真的眼神看着数，数这次看着二美子的眼睛说："那个人，是幽灵。"她那清晰的吐字使人感觉不到半点虚假。

二美子的大脑不得不再度全速转动起来。幽灵！是幽灵？夏天到了就出现在柳树下的幽灵？数说得这么正经，是我听错了吗？把"高龄"听成了"幽灵"？这个人因为年龄大了所以站不起来？这话的意思是讲得通的，但不管怎么看，这个穿着连衣裙的女人只有二十来岁，绝对不是高龄。

二美子思绪混乱，可仍在动脑子，她还是问出了最普通的问题："幽灵？"

"对。"

"开玩笑的吧？"

"是真的。"

二美子完全愣住，这已经不是阴阳眼那种程度的事情了。坐在二美子眼前穿着连衣裙的女人实在太真实了。

"但是她看起来……"二美子说。

"非常真实。"数好像早就准备好答案似的回应，这迅速的回答让二美子半信半疑。

"但是……"二美子忍不住朝连衣裙女子的肩膀伸出手。"是能摸得到的。"数在二美子碰到连衣裙女子之前说道。

二美子再度听到这种好像早就准备好的答案，但她好像要自己确认，还是把手放在连衣裙女子的肩膀上。没错，她感觉摸到了连衣裙女子的肩膀，以及覆盖在柔嫩肌肤上的布料。这会是幽灵？实在令人难以置信。

二美子慢慢收回手，然后再度把手放在连衣裙女子的肩上，一脸疑惑地看着数，那表情好像在说："摸起来这么真实，说她是幽灵也太奇怪了吧？"

但数只是冷静地回答："她是幽灵。"

"真的是幽灵？"二美子凑近去看连衣裙女子的脸，态度算得上失礼。

"是。"

"我不相信。"

二美子无法相信眼前的女人是幽灵。要是模模糊糊，或者不能触摸的话还有可信度，但是这个女人不仅能摸得到，而且还有脚。她看的书虽然书名没见过，但应该也是书店里能买得到的普通书籍。

于是，二美子假设——其实，根本没办法回到过去。

没办法回到过去，但这家店却把能回到过去当作卖点。那么多的规则，多半是用来让想回到过去的客人停止的第一道关卡；对于越过第一道关卡、依旧想回到过去的客人，这一定是第二道关卡，说这是幽灵，然后把客人吓退，连衣裙女子的反应全然是为了让人以为她是幽灵而故意装出来的。

想到这里，二美子就倔强起来了。这要是骗人的话，那她就非要揭穿这场骗局不可，否则不甘心。

二美子非常礼貌地恳求连衣裙女子:"对不起,这个座位能让给我吗?只要一下子就好。"

连衣裙女子好像完全听不到二美子的声音,毫无反应,继续看书。

一直被忽视的二美子恼怒地抓住连衣裙女子的两只手腕。

"啊!不可以这样!"数大声制止。

"喂,不要不理我。"二美子一边说着,一边想要强行把连衣裙女子拉离座位。

就在此时,连衣裙女子突然睁大了眼睛,瞪着二美子。一瞬间,二美子立刻感觉自己的身体好像沉重了好几倍,仿佛身上堆了几十床棉被似的。店里的照明像是烛光般摇曳,随后暗淡下来,不知从哪里传来的亡灵呻吟般阴沉声响,笼罩在店里。二美子无法动弹,当场跪了下去,双手撑着地板。

"哎呀,这是怎么了?这是怎么了?"二美子完全不明白究竟发生了什么事。

"这是诅咒。"数简洁地说道,二美子一时之间没明白她的话。

"啊?"她感到那种看不见的力量压在身上越来越沉重,

被压得全身趴在地上。"怎么？啊？这是怎么了？究竟是怎么回事？"二美子呻吟似的说着。

"诅咒，要是想强迫她离开那个座位的话，就会被诅咒。"数说着走进厨房去了，任由二美子趴在地上。

趴着的二美子看不见数走向厨房，但因为耳朵贴在地上，她可以清楚地听到数的脚步声走远了。二美子像淋了一身冷水般被恐惧袭击着。

"骗人的吧？这到底是怎么回事？"没人回答，她浑身发抖。连衣裙女子的神情依旧吓人，她瞪着二美子，跟刚才看书时的文静判若两人。

二美子朝厨房的方向叫喊："救命啊！救命啊！"

不知数是不是听到了呼喊声，她从厨房出来，但二美子看不见手里正拿着玻璃咖啡壶的数。

二美子听见脚步声靠近，她完全搞不清楚这是怎么回事。规则、幽灵、诅咒，简直混乱到了极点。而且数根本没说要不要救她。

正当二美子打算再度大声呼救时，她听见数用不慌不忙的语气问连衣裙女子："咖啡要续杯吗？"这让她不由得想发火。

数完全不理会二美子的恐惧，也没有要救她的打算，只询问连衣裙女子咖啡要不要续杯。

二美子心想，说是幽灵我不相信，这确实是我不对；抓住她的手腕强迫她让座，也是我不对。但我喊"救命"竟然不理会，还不慌不忙地问咖啡要不要续杯的人又能好到哪里去？幽灵的咖啡怎么会要续杯啊。

她心里这么想着，却没有说出口来，只叫道："骗人的吧。"

但接着她就听到一个非常清澈的声音："麻烦你了。"是连衣裙女子的声音。

就在那一瞬间，二美子的身上突然变轻了。

"啊！"

诅咒解开了。二美子呼呼地喘着气，撑起上身跪在地板上瞪着数，数若无其事地歪着头，脸上的平静表情像是在说："怎么啦？"

连衣裙女子喝了一口咖啡，继续静静地看书。

数好像什么事都没发生似的，端着咖啡壶走回厨房。

二美子战战兢兢地再度把手伸向连衣裙女子的肩膀，指尖轻触。果然还在这里，她确实存在。

事态的变化让二美子的思绪一团混乱，但她确实经历过了。二美子的身体被看不见的力量压制，她无法理解，但心脏已经接收到这个状况，拼命跳动着要将血液输送到全身。

二美子摇摇晃晃地站起来，靠在吧台旁。数从厨房走出来。

"真的是幽灵吗？"二美子的眼睛不安地转动着，问道。

数回答："对。"然后给吧台上的糖罐添砂糖。

对二美子而言，这是从来没有过的经历。但对数而言，就跟替糖罐添砂糖一样，是稀松平常的小事。

虽然难以置信，但二美子想，幽灵和诅咒如果是真的，那么能回到过去应该也是真的。二美子本来半信半疑，觉得"很可能回不到过去"了，但经历了"诅咒"，让她几乎确定"可以回去"了。

但有个问题，规则是一定要坐在那个座位上才能回到过去。可是幽灵坐在那里，也无法沟通，若强迫幽灵起身就会被诅咒，到底该怎么办才好呢？

"只能等待。"数像是看透了她的疑问。

"什么意思？"

"她每天一定会去一次洗手间。"

"幽灵还需要去上洗手间吗？"

"趁她不在的时候坐下。"

二美子凝视着数的眼睛，数微微点头。好像只有这个办法。

幽灵还需要去上洗手间吗？二美子这句不知是疑问还是吐槽的话完全被忽略了。

二美子再次深呼吸，抓住的稻草绝对不能放手。要是稻草富翁[1]的话，他绝对不会浪费这根稻草的。

"我知道了，我等，我会等。"

"顺便一提，日夜对她而言没有区别。"

"好，好。"二美子回应。

"这里开到什么时候？"

"通常是晚上八点，要是你愿意等的话，可以一直待在这里。"

"OK！"

二美子在中间的那张桌子坐下，跟连衣裙女子面对面。她双手抱胸，呼吸急促，瞪着连衣裙女子说："等就等，谁怕谁。"

连衣裙女子依旧静静地看着小说。

数轻轻叹了一口气。

---

[1] 稻草富翁：日本童话里的一个穷人用一根稻草以物换物，最后成为富翁。

"欢迎光临。"

门打开了,进来的是一位大概四十岁出头的女人。

"啊,高竹小姐。"

这个叫高竹的女人身穿护士服,外面罩着深蓝色的开衫,拿着普通的购物袋走了进来。从她微微喘气的样子来看,很可能是跑过来的。她用手抚着胸口,调节着呼吸。

"谢谢你打电话给我。"她略微急促地说。

数微笑着点了点头,进厨房里去了。

高竹向房木坐的位置走去,房木好像完全没有注意到高竹的到来。

"房木先生。"

高竹温柔地叫他,好像跟小孩说话一样。

房木似乎没意识到有人在喊他,一时之间没有任何反应,直到看见眼角的人影,这才慢慢抬起头。

"高竹小姐。"房木看见高竹的身影,露出惊讶的表情。

"对,是我。"高竹回答道。

"有什么事吗?"

"休息时间我想喝杯咖啡就来这里了。"

"这样啊。"房木回答道,视线再度回到杂志上。

高竹看着房木,随后坐在他对面的座位上,房木没有特别的反应,只翻着杂志的页面。

"最近好像经常来这里呢。"高竹像是第一次来店里的客人四下张看。

房木听了她的话,只回答:"嗯。"

"您很喜欢这里吧?"

"其实也不是。"虽然否认了,但应该是喜欢这里的,房木露出了微微的笑容。

"我在等待。"他轻声对高竹说。

"等什么?"高竹问。

房木把头转向连衣裙女子坐着的桌位。

"等那个位子空出来。"房木回答道,他的脸上依然保持着浅浅的微笑。

二美子并不想偷听,但这家店并不大,房木说的话她当然能听到。

"啊!"二美子得知房木也跟自己一样,在等连衣裙女子去洗手间,不由得惊呼出声。

高竹听到二美子的声音,看了她一眼。房木并没有露出在意的样子。

"这样啊。"高竹说。

"嗯。"他简单回应后,喝了一口咖啡。

竟然有竞争对手出现!

二美子立刻明白要是目的相同的话,自己的处境就非常不利。二美子来这家咖啡店的时候,房木就已经在这里了,要是按照先后顺序的话,房木自然优先。二美子没办法无视优先级。连衣裙女子一天只去洗手间一次的话,一天就只有一次机会。

二美子想立刻就回到过去,她难以忍受再等待一天。她想确定房木来这里是不是真的要回到过去,于是倾身向前,开始明目张胆地偷听。

"今天坐到了吗?"

"还没有。"

"这样啊。"

"嗯。"

听着两人的对话，二美子皱起了眉头。

"房木先生回到过去，想做什么呢？"

果然没错，房木确实在等待连衣裙女子去洗手间。二美子大受打击，她沮丧万分，再度趴在桌子上。两人并不在意二美子是否受到了打击，继续对话。

"有什么事想重新来过吗？"

"这个嘛，"房木思索了一下，"是秘密。"他像小孩一样露出笑脸。

"这样啊。"

"对。"虽然说是秘密，高竹还是愉快地微笑起来，她看向连衣裙女子坐着的桌位。

"但是今天可能不会去洗手间了吧？"她说出二美子没料到的话。

"啊！"二美子不由得抬起头来，好像能听到猛然动作发出的"砰咚"声。

竟然会有"可能不去洗手间"这种事？数说"一定会去"，而且每天"一定会去"一次洗手间，现在竟然听到"可能不会去了"的说法。也就是说，连衣裙女子今天或许已经去过唯一一次的洗手间了。不，不可能的，她不希望是这样。二美子心想快点否定，然后期待着房木接下来要说什么。

"或许是这样也说不定。"他爽快地承认了。

骗人的吧！二美子张开嘴，几乎要叫出来，但却惊讶得无法出声。连衣裙女子为什么今天不会去洗手间了呢？这个叫高竹的女人知道什么吗？二美子想知道答案。

不知为何，二美子没法干预两人之间的谈话。有种说法叫作"做人要会看眼色"，在二美子看来，高竹全身都散发出"请勿打扰"的气息。二美子不明白她为什么不想被打扰，但又发现外人确实无法介入他们二人的相处，二美子完全束手无策。

突然间，高竹对房木温柔地说："那，今天就回去吧？"

"咦？"二美子的机会来了。先不管连衣裙女子是不是已经去过洗手间，只要房木离开，二美子就没有竞争对手了。

高竹说连衣裙女子今天可能不会去洗手间了，房木也表示"或许是这样也说不定"，但这仅仅是"或许可能"而已。接下来房木也许会说："就算这样，我还是想等等看。"

要是二美子的话，一定会说"我等"，所以她全神贯注地等着房木的回答，恨不得全身都长满耳朵。

房木看向连衣裙女子，稍微思考了一下："说得也是。"这也太干脆了。二美子吃了一惊，立刻兴奋起来，感到心脏怦怦乱跳。

"那就把这个喝完。"高竹看着还剩下半杯的咖啡。

"没关系,已经变冷了,所以……"说着,房木笨手笨脚地收拾桌上的杂志、便条纸、铅笔和信封,站起身来。他把建筑工人常穿的那种衣襟上有洞的外套披在肩上,走向收银台。

数不知何时已经从厨房走了出来,接过房木递过来的账单明细。

"多少钱?"房木问。

数在旧型收款机上咔嚓咔嚓地打出金额,房木则在手提包、胸前口袋和裤子后面的口袋里东摸西找。

"咦,钱包呢?"他喃喃道。

看来是忘记带钱包了。他反复在相同的地方寻找着,但还是没找到,无奈地露出一副要哭出来的表情。

这时,高竹出其不意地把钱包递到房木面前:"在这里。"那是个已经使用了很久的男式对折钱包,里面装了许多信用卡和收据之类的东西,被撑得鼓鼓囊囊的。

房木盯着眼前的钱包,只是呆呆地看着,过了好一会儿,他才默默地接过钱包。

"多少钱?"他以熟练的动作翻找钱包里的零钱。高竹一直没有说话，站在房木身后等他结完账。

"三百八十日元。"

房木拿出一枚硬币递给数。

"收您五百日元。"数从房木手中接过钱，然后打开收款机，数着零钱。

"找您一百二十日元。"她礼貌地将零钱和收据一起放在房木手上。

"谢谢！"房木说道。他小心翼翼地把零钱收进钱包，接着把钱包放进自己的手提包，然后好像完全忘了高竹的存在，匆匆地离开了。

"谢谢。"高竹向数道谢后，追着房木离开了。

"一群怪人。"二美子吐出一句话。数收拾了房木坐过的桌位上的东西，再度走进厨房。

虽然突然出现的竞争对手让二美子吃了一惊，但现在店里只剩下她和连衣裙女子，二美子确定自己赢定了。她自言自语道："这样就没有对手了，现在只要等那个位子空出来就可以了。"

由于店里没有窗户，而且三座落地钟的时间都不一样，只要没有客人出入，人对时间流逝的感觉就会渐渐变得麻痹了。

二美子恍恍惚惚地回想着回到过去的规则。

第一，就算回到过去，也无法见到未曾来过这家咖啡店的人。而二美子就是偶然来到这家咖啡店跟多五郎分手的。

第二，回到过去之后，无论如何努力也改变不了现实。也就是说，回到一周前的那一天，就算求多五郎不要走，他去美国的事实也不会改变。到底为什么会有这种规则？二美子虽然怨叹，但既然是规则，也只能遵守。

第三，要回到过去，必须坐在某个座位上。也就是现在连衣裙女子坐着的那个位子。而且要是想强迫她离开，就会被诅咒。

第四，回到过去之后，无法离开座位自由行动。也就是说，不管有什么理由，回到过去的那段时间就连上厕所都不行。

第五，留在过去的时间有限制。关于这条规则的详细情况二美子还不知道，时间是长是短也尚不明了。

二美子反复思索这些规则，她的脑中闪过各种念头：如果是这样的话,回到过去不就没有意义了吗?既然无法改变现实,那我就把想说的话都说个痛快……

二美子觉得脑袋昏沉,于是趴在桌上睡着了。

二美子第三次硬邀多五郎约会的时候,听说了他的梦想。

多五郎是游戏宅男,他特别喜欢大型多人在线角色扮演游戏。多五郎的叔叔参与了一个发行全世界的游戏开发工作,多五郎从小就受到叔叔很大的影响,他的梦想就是进入叔叔所在的游戏公司工作。可是,要想进入该公司不仅需要通过入职考试,还需要有五年以上与医疗相关的系统工程师工作经验,以及个人创作的未发表游戏程序。

听他这么说,二美子只觉得这是个非常宏伟的梦想,但她不知道那家公司的总部在美国。

第七次约会的时候,有两个男人跟二美子搭讪,这两人都是帅哥,但二美子并没理会他们。在街上被人搭讪对二美子来说是家常便饭,她早就深谙应对之道,只是多五郎出现时刚好目击到这一幕,他露出尴尬的表情,二美子看到多五郎立刻走到他身边。那两个搭讪的人满脸轻蔑地把多五郎称为"那种恶心的家伙",并且还劝说起二美子来,多五郎只是低着头默默地站着。

"他的魅力你们完全无法了解(用英语说的),他在工作上有面对困难的勇气(用俄语说的),也有永不放弃的精神(用法语说的),还有将不可能化为可能的实力(用希腊语说的)。为了获得这种能力绝对需要付出非常大的努力,关于这一点我也很清楚(用意大利语说的),我不认为有比他更具魅力的男人了(用西班牙语说的)。"二美子对着那两人一口气说完这些话。

最后,二美子用日语说道:"要是你们听得懂我刚才说了什么,那我就跟你们约会。"那两个搭讪的人愕然站着,面面相觑,然后尴尬地走开了。

二美子转向多五郎,微微一笑,用新学会的葡萄牙语问道:"多五郎你都能听得懂吧?"多五郎不好意思地微微点头。

第十次约会的时候,多五郎坦承在此之前自己没有跟女性交往过。二美子还高兴地说:"我是第一个跟你交往的女性?"多五郎只是愣愣地听着她说话。

两人的交往就是从这一天正式开始的。

二美子睡着了，不知道过了多久，连衣裙女子突然"啪嗒"一声合上了正在看的书，叹了一口气，从白色的包包里拿出洁白的手帕，慢慢地站起身来，接着悄无声息地朝洗手间的方向走去。

二美子完全不知道连衣裙女子去了洗手间，继续沉睡着。

过了一会儿，数从后面的房间走出来。现在应该还是营业时间，她穿着白衬衫、黑马甲、黑长裤，系着黑领结和侍酒师的围裙。

"客人……"数一边收拾连衣裙女子桌上的东西，一边试着叫醒二美子。

"嗯……"

"客人。"

"嗯……"

二美子一惊，撑起身子，一边眨着惺忪的睡眼，一边茫然地环顾店内，最后终于发现眼前座位的异状——连衣裙女子不在。

"啊！"

"位子空出来了，您要坐吗？"

"当……当然要!"

二美子慌忙站了起来,走向能回到过去的座位。她凝视着那个位子好一会儿,从外观上看,就是一张普通的椅子,完全没有特别之处。

二美子的心脏怦怦地跳动着,她战胜了那么多的规则和诅咒,终于得到了回到过去的"车票"。

"这样就可以回到一周之前了。"

二美子深深吸了一口气,尽量稳住心绪,慢慢地将身体滑进桌位和椅子之间。只要坐下就能回到一周之前——光是这么想着,就让二美子的紧张和兴奋到达了极点。二美子气势汹汹地一屁股坐下,大声叫道:"好,请让我回到一周前!"

二美子满怀期待,环视着店内。这里没有窗户,不知此刻是白天还是晚上;三座古老的落地钟各自指着不同的时间,不知道现在到底是什么时刻。

二美子拼命地在店里寻找自己已经回到一周之前的证据,然而她完全看不出有什么不同,也没有见到多五郎的身影。

"没有回去吧?"二美子喃喃说道,"现在仍旧没有回到过去,是我太蠢了吗?竟然相信能回到过去这种非现实的事。"

二美子的内心开始动摇，不知何时，数已经端着银色托盘站在她的旁边，托盘上是银色咖啡壶和白色咖啡杯。

"喂，没有回到过去啊。"二美子不由得大声叫了起来。

"还有一个规则。"数慢慢地说道。

又来了，竟然还有规则。要回到过去，光是坐到这个座位上是不行的。二美子一肚子气。

"还有啊？"二美子说。但这至少意味着真的能回到过去，这也让她稍微松了一口气。

数完全不理会二美子，继续说道："我现在替您倒咖啡。"数把白色咖啡杯放在二美子面前。

"咖啡？为什么要倒咖啡？"

"这杯咖啡倒满了，才能回到过去。"

数还是不理会二美子的质问。二美子却觉得被人无视到这么彻底的地步，从某方面来说也蛮痛快的。

"然后，到这杯咖啡变冷为止。"

痛快感一瞬间消失无踪。

"只有这么短的时间？"

"最后还有非常、非常重要的规则。"数继续说着。二美子早已经有心理准备了。

"规则还真不是一般的多。"二美子喃喃说道，伸手拿起眼前的咖啡杯。那看起来就是一个普通的咖啡杯,只是触感比普通的陶瓷要凉一点儿。

数继续说道:"请听好了,您回到过去之后,请在这杯咖啡变冷之前将它喝完。"

"但是我讨厌咖啡。"

"这个规则请一定要遵守。"数把脸凑到二美子的面前,睁大了眼睛,低声说道。

"啊?"

"不然您就会出事。"

"啊?啊?"

二美子并不是没有料想到,回到过去这种事违反了自然的法则,当然会有某种程度的风险;只不过她没想到竟然会在这个时候才被告知,简直就像是抵达终点前的陷阱。

话虽如此,现在已经走到这一步,就不能回头了。二美子提心吊胆地看着数,问道:"什么?怎么回事?"

"要是在咖啡变冷之前没有喝完……"

"没有喝完的话会怎样?"

"您就会变成幽灵,被困在这张椅子上。"

这简直就像晴天霹雳,打在二美子的脑袋上。

"啊?"

"刚刚一直坐在这里的女士就是这样的。"

"她没有遵守规则?"

"对,她回到过去见了去世的先生,不小心忘了时间,等注意到时,咖啡已经变冷了。"

"就变成了幽灵?"

"对。"

二美子看着冷静回答的数,心想,风险比想象中要高多了。

这么看来,回到过去有着非常多的规则,被幽灵诅咒是一时的,被困住可不是。虽然可以回到过去,但只有在咖啡变冷之前的一段时间,热咖啡冷却需要多少时间二美子不清楚,但终归不会太久。

二美子的心不禁开始动摇,脑海中浮现出各种情形,让她感到害怕的是:咖啡可能难以下咽。如果只是苦味的咖啡那还好,若是超辣的咖啡,或是芥末味的咖啡,那怎么可能喝得完。

或许自己想得太多了,二美子摇了摇头,好像要甩掉心中的恐慌与不安。

"总之,在咖啡变冷之前喝完,就可以了吧?"

"对。"

二美子下定了决心，或者说她决定赌一回。

数只是静静地站着，即使二美子说"还是算了吧"，她也不会有特别的反应。

二美子闭了一下眼睛，双手紧握放在膝上，集中精力深吸一口气。

"好，请帮我倒咖啡。"二美子看着数的眼睛，坚定地说道。

数微微点头，右手慢慢举起托盘上的银色咖啡壶，垂下眼睑，看着二美子。"那就……"轻声重复重点，"请在咖啡变冷之前……"

数慢慢地把咖啡倒进杯子里，动作非常流畅优美，仪式感满满。

倒满咖啡的杯子，热气袅袅上升，二美子的桌位开始随着上升的热气摇曳晃动，她发现自己跟热气一样摇摇晃晃，感觉越来越强烈。她害怕得闭上眼睛，紧紧握着拳头，同时心里产生了这样的疑问：自己会不会既不在现在也没回到过去，就这样变成烟雾消失了呢？

慢慢地，二美子怀抱着恐惧和不安，回忆起刚跟多五郎相识时的情景。

二美子和多五郎相识于两年前的春天。当时，二美子二十六岁，多五郎二十三岁。二美子在外派的工作地点碰到同样被外派的多五郎，二美子是那个项目的负责人。

二美子直率的性格和认真工作的态度备受大家好评。

多五郎虽然比二美子小三岁，却有着超出年龄的沉稳气息，显得十分老成。二美子一开始没发现他比自己小，说话都用敬语。

虽然多五郎年纪不大，却比团队里的任何人都能干，他默默工作的样子就连二美子都觉得很可靠。

有一次，一项即将完成交货的工作出现了一个棘手的漏洞。对医疗系统来说，细微的错误可能都是致命的。由于时间紧迫，如果无法如期交货，作为项目负责人的二美子就得承担所有责任。

在交货前一周发现了至少要花一个月时间才能解决的问题，任谁都会觉得这下完蛋了，二美子甚至做好了递辞呈的心理准备。

偏偏此时，多五郎没有来上班，电话也打不通。大家开始猜测这个问题可能是多五郎的失误导致的，他怕担责，所以没脸来见大家。当然，没人能确定是多五郎的错，只不过失误越重大，大家就越想把错误怪到别人头上，而多五郎不来上班，刚好成了代罪羔羊，就连二美子也开始怀疑多五郎了。

多五郎在失联四天后出现了，他已经找到了解决问题的方法。他满脸胡子，身上还有股怪味，从他疲惫的神情可以看出，他已经几天不眠不休了。

就在包括二美子在内的所有成员已经放弃时，问题却被多五郎一个人解决了，这简直可以称为奇迹。虽然多五郎没有报备就不来上班，也联络不到人的行为并不可取，但没有人责怪他，他是大家公认的优秀的程序设计师。

二美子对多五郎表达了衷心的谢意，并因曾经误解他而向他道歉。

二美子低着头，多五郎却笑着说："那就请我喝咖啡吧。"二美子瞬间坠入了爱河。

此次项目完成后，二美子和多五郎几乎就见不到面了。但二美子是行动派，只要时间许可，她就请多五郎喝咖啡，约他去各种地方。

不管是工作还是其他方面，多五郎都属于默默埋头苦干的类型，只要有了目标，便对其他一切视而不见。

二美子第一次去多五郎家，知道了开发大型多人在线角色扮演游戏的是一家美国公司。多五郎兴高采烈地说进入该公司工作是他的梦想。二美子看着他，感到不安——要是他的梦想实现了，他会选择我还是梦想呢？不能这么想，不能这样比较的，但是……

在一起越久，二美子就越无法确定多五郎的心意。

时光流逝，今年春天，多五郎顺利地通过了那家公司考试，他决定去美国，他选择了梦想。

二美子的不安成真了。一周前，她就在这家咖啡店里被告知了这件事。

二美子好像从梦中醒来一般，迷迷糊糊地睁开眼睛。

二美子睁开眼睛的一瞬间，像热气袅袅上升一样的摇摇晃晃的感觉立刻就消失了，之前麻木的手脚也恢复了知觉。二美子慌忙触摸自己的脸和身体，确认自己的存在。

二美子回过神来时，眼前有个男人讶异地看着她奇怪的举动。毫无疑问他是多五郎，明明已经前往美国的多五郎就在面前,二美子这才相信自己回到了过去,她立刻明白了多五郎满脸讶异的原因。

二美子的确回到了一周前,店里的一切跟记忆中一模一样,最靠近门口的位子上,坐着一位叫房木的男人正在看杂志,平井坐在吧台的位子,而数在吧台后面,多五郎则坐在她对面的桌位。

不过,又有一点不同……

一周前,二美子坐的位子是在多五郎的对面,但现在她坐在连衣裙女子的位子上,虽然多五郎仍然在她对面,却隔了一张桌子,怪不得多五郎满脸讶异。

二美子无法离开这个位子,虽然不自然,但规则就是这样。要是被问到为什么坐在这里,她也不知该如何回答。二美子吞了一口唾液。

"那,我差不多,该走了。"

虽然多五郎有些讶异,却完全没提座位这件事,只说了二美子曾经听过的话。这可能是回到过去的潜规则吧,二美子在心里自言自语。她也从多五郎的话中判断出自己回到过去的时间点。

"啊,没问题、没问题,你赶时间吧?我也赶时间,所以……"

"什么？"

"对不起。"

他们各说各话。二美子虽然知道自己所在的时间点，但她毕竟是第一次经历这种事情，思绪有点混乱。

二美子让自己镇定下来。她抬起视线打量多五郎的样子，啜了一口咖啡。

"温的，咖啡已经变温了，这样下去一会儿不就变冷了吗？"咖啡已经是可以一口气喝掉的温度了，这是她完全没料到的。二美子恨恨地瞪着数，而数一如往常般冷静，样子令人讨厌。而且这咖啡好苦，比想象中要苦多了，这是迄今为止二美子喝过的最苦的咖啡。二美子自言自语，多五郎则一脸困惑。

多五郎挠着右眉上方，看了看手表，他在担心时间，理由二美子也明白。

"啊，哎，我有很重要的原因。"二美子急忙说道。她把眼前糖罐里的砂糖加进杯子里，还加了许多牛奶，然后搅拌起来。

"原因？"多五郎皱着眉头，不知道是因为二美子加了太多砂糖，还是不想探究所谓的原因。二美子又说道："总之，我想把话说清楚。"多五郎再度看了看手表。

"稍微等一下。"二美子试了试咖啡的味道，然后点了点头。

二美子是在认识多五郎之后才开始喝咖啡的，她以请多五郎喝咖啡为契机，不断约他出来。不喜欢喝咖啡的二美子每次都拼命地往咖啡里加糖和牛奶，每次都让多五郎不禁失笑。

"你在想这么重要的时候为什么还要喝咖啡？"

"我没有。"

"你有，你心里想什么都写在脸上了。"

二美子还想反驳，但立刻停止了。好不容易回到过去，难道自己又要跟一周前一样，像个闹别扭的孩子那样说话，让多五郎退避三舍吗？

多五郎尴尬地站了起来，对吧台后面的数说："对不起，多少钱？"

多五郎伸手要拿账单，二美子知道这样下去，多五郎就会付了账直接离开。

"等一下！"

"没关系，这点小钱。"

"我不是为了要说这个才来的。"

"什么？"

"为什么不跟我说？（不要走！我不想让你走！）"

"那是因为……"

"我知道这工作对你来说非常重要，你要去美国也没关系，我并不反对。（我以为可以一直跟你在一起。）但是，至少……（难道这只是我一厢情愿？）我希望你能跟我商量一下，可你竟然完全不商量就自己决定了。（我对你是真心的。）那实在有点……（我是那么爱你。）一个人会很难过的……我想说的，就是这些。"

既然无法改变现实，那就坦白说出来好了，但二美子却做不到，她还是觉得说出来就输了。"我跟工作，你要选哪一边？"她不想说这种话。在认识多五郎之前，二美子一心扑在工作上，这种话她绝对不想说，她不想跟小自己三岁的男朋友说这种软弱的话，她有她的自尊。多五郎在事业上的成就已经超越了她，或许她也有点嫉妒，所以没办法坦诚说出来。但是，一切都已经太迟了。

"没关系，去吧，已经无所谓了，反正不管说什么，你去美国的事实也不会改变。"

二美子说着，把咖啡一口气喝完。喝完之后，那种目眩般摇曳晃动的感觉再度袭来。

"我到底是来干什么的？"二美子正在这么想的时候，多五郎喃喃开口说道："我一直，我一直觉得，自己配不上你。"

二美子一时之间不知道多五郎在说什么。

多五郎继续说："每次你约我喝咖啡，我都跟自己说不可以喜欢上你，因为我是这副模样……"说着他撩起覆盖在右眉上方的刘海，他的右眉上方到右耳有一块很大的烧伤痕迹。"我在认识你之前，一直不讨女孩子的喜欢，她们连话也不会跟我说。"

"在与你开始交往之后也依然是这样……"

"（这种事我根本不在乎！）"二美子叫道，但她已经变成烟雾，多五郎听不到她所说的话。

"总觉得有一天，你会喜欢上其他的帅哥。"

"（才不会呢！）"

"我一直这么想，所以……"

"（才不会呢！）"

这是二美子第一次听到多五郎的告白，听他这么说时，她也想起来了，自己越喜欢多五郎，越想跟他结婚，就越觉得两人之间有一堵无形的墙。问他喜不喜欢自己，他会点头，但却没有从他口中直接听到"我喜欢你"。一起走在街上，多五郎不时会愧疚地挠着右眉上方并低下头，他很介意街上其他男人看着二美子的目光。没想到他竟然介意这种小事。

但就在这个念头浮现的一瞬间,二美子便后悔了。也许对二美子而言是小事,但对多五郎来说却是多年来苦恼的心结。自己竟然一点儿都不了解他的内心。

二美子的意识渐渐模糊,目眩般的摇曳晃动笼罩了她全身。

多五郎拿起账单,拉着行李箱走到收款机前。

"现实完全没有改变,没有改变是对的,他做了正确的选择,我完全没有跟他的梦想相提并论的价值。放弃多五郎吧,放弃他,然后打从心底祝福他成功吧!"

二美子慢慢闭起通红的双眼。

就在此时,多五郎背对着二美子喃喃道:"三年。希望你等我三年,我一定会回来的。"

他的声音虽小,但店内狭隘,变成烟雾的二美子仍能清楚地听到多五郎的话。

"等我回来。"多五郎嘀咕了一句,仍旧背对着二美子,伸手挠右眉上方。

二美子的意识就像摇曳的热气般消散了,可就在这一瞬间,她看见多五郎在离开咖啡店前转过头来,那张脸带着温柔的微笑说:"到时再请我喝咖啡吧。"

二美子回过神来,仍坐在那个位子上。

她觉得自己好像做了一场梦,但眼前的咖啡杯空了,嘴里还残留着甜味。

不一会儿,连衣裙女子从洗手间出来,悄无声息地走了过来,看见二美子坐在自己的位置上。

"走开。"她用低沉又严厉的声音说道。

"对……对不起。"二美子慌忙回应,边说边站起身来。那种做梦的感觉尚未消失,自己真的回到过去了吗?既然现实不会改变,那么从过去回来没有感觉到任何变化,也是理所当然的。

厨房飘来咖啡的香味,数端着刚冲好的咖啡走了出来。

好像什么事情都没有发生一样,数经过呆站着的二美子,走到连衣裙女子的桌位,撤下二美子用过的咖啡杯,把新的咖啡放在连衣裙女子面前。连衣裙女子微微点头致意,再度开始看书。

数一边走向吧台,一边问道:"怎么样啊?"

这句话让二美子感觉自己真的回到了过去的那一天,回到了一周前的那一天。

"那个……"

"嗯。"

"现实并没有改变,对吧?"

"对。"

"但是以后呢?"

"您的意思是……?"

"从现在开始,"二美子谨慎地问,"从现在开始,未来的事呢?"

"未来还没到,所以就看客人自己了。"数面对着二美子,第一次露出了微笑。

二美子的眼睛闪闪发亮。

"咖啡钱加上深夜费,一共是四百二十日元。"数说道,依然静静地站在收款机前。

二美子用力点头,然后走向收银台,她的脚步很轻快。

二美子直勾勾地看着数的眼睛,付了四百二十日元。

"谢谢!"说完她深深低下了头,接着慢慢地环视店内,并不是特别针对什么人,而是对这家咖啡店鞠了个躬,然后飒爽地走了出去。

数若无其事地打开收款机,连衣裙女子微微一笑,静静合上那本叫作《恋人》的小说。

咖啡爱为之狗

这是一部温情有趣的小说，讲述一一只能够听懂咖啡馆里每个人心事的狗——小布，它可以回到过去某个人遗憾的时刻，为他们解决烦恼。故事发生起源，始于父与女之间的温暖和解！
即日起，参加 #咖啡爱为之狗 主题活动，将书中小布的咖啡馆故事读给孩子听，并且，在有陪伴阅读、慰藉被重历历久的可能性"的沉浸式体验。
让咖啡来为你，翻开人生新篇章！

一、咖啡爱为之狗有礼物

拍一拍你手里的这本《咖啡爱为之狗》，与咖啡之狗的美好照片，在【小红书】晒出书中你最喜爱的故事段落，（带话题：#咖啡爱为之狗，咖啡爱为之狗……）晒出 @紫图图书 并话题 #咖啡爱为之狗 就有机会获得精美礼品。

二、用一杯咖啡的温度重历人生报废

在【抖音】【小红书】都可以 @紫图图书《咖啡爱为之狗》，翻书的故事，分享中引起你情感共鸣的段落（带话题光影：咖啡爱为之狗……）晒出 @紫图图书 并话题 #咖啡爱为之狗 就有机会获得精美礼品。

活动细则

1、每条内容都要图片、视频、文字要清晰，且文字字数不少于100字，图片文少于5张或视频时长不低于30秒。
2、内容无关、抄袭、抹黑将不参加。
3、分享期限：答题后1个月内，以审核通过日期为准。
4、礼品发放：答题后1个月内审核通过的，编辑将根据时间顺序给每一位合格答题的朋友不定时邮寄小礼物到紫图图书一起审核。具体事项，请持续关注我们。

泡狗家团

- 一等奖：现金 1000 元（ 从答题奖励 5000 位中抽取）
- 二等奖：咖啡杯（ 价值 200 元，从答题奖励 2000 位中抽取）
- 三等奖：手摇便宜咖啡机（ 价值 100 元，从答题奖励 1000 位中抽取）
- 四等奖：咖啡豆创意摆件（ 价值 30 元，从答题奖励 300 位中抽取）
- 鼓励奖：我们为前 20 位分享者准备好多套与爱阅读紫图图书的其其書

活动期限：本次为期 6 个月，即 2025.3.25—2025.9.25

未来关于 #咖啡爱为之狗，分享关于你的人生故事
关于 @紫图图书 ，请重多资讯~
紫图图书小编 010-64360026

扫一扫
即可了解详情

扫一扫
添加官方小编详情微信

紫图图书 ZITU

Chapter Two

记忆的囚徒

当回忆成为单程车票，
相伴的每个当下都是对抗虚无的堡垒。

这家咖啡店，没有空调。

这家咖啡店在明治七年（1874）开张，到现在已经超过一百五十年了，内部虽然维修过，但装潢几乎还是当年的样子。顺便一提，明治七年那会儿一般都使用煤油灯。现代风格的咖啡店据说是在明治二十一年（1888）才开业的，比这家店晚了十四年。

咖啡是在江户时期（1603—1868）德川纲吉当将军时传入日本的，但不合日本人的口味，当时没有人喜欢喝咖啡。的确不难理解，因为咖啡确实像是一杯又黑又苦的水。

随着电力普及，这家咖啡店的煤油灯被电灯所取代，但空调会破坏店内的景致，所以一直到现在都没有安装。

虽然开在地下室，如果夏季白天气温超过三十摄氏度，店内就会很闷热。天花板上有吊扇（应该也是后来加装的），但风力并不大，应该只是为了让空气流动起来而已。

历史上，日本有记录的最高气温，是 2013 年 8 月 12 日，在高知县江川崎观测到的四十一摄氏度，这种吊扇在那样的高温天气根本毫无作用。但是，这家咖啡店就算在盛夏仍有丝丝凉意。

是谁让店里这么凉快？除了店员没人知道，也不可能知道。

虽然是初夏，但已经跟盛夏一般酷热。

某天下午，店里有个年轻女子坐在吧台边，她的手边放着一杯冰咖啡。女子穿着凉爽的白色荷叶边 T 恤、灰色的开衩紧身裙、系带凉鞋，挺直背脊默默地在樱花色的信笺上写着些什么。

吧台后皮肤白皙的窈窕女子时田计，如少女般灵动的双眼闪闪发光地看着年轻女子。计很好奇她在写什么，不时带着孩童般天真无邪的表情偷看向女子的手边。

除了在吧台写信的女子，连衣裙女子坐在惯例的位子上，而坐在最接近入口桌位的男人还是房木，他今天也把杂志摊在桌上。

写信的女子呼出一口气，计也随之叹了一口气，"对不起，我待太久了。"女子把写完的信放进信封里。

"没关系。"计看着女子回道。

"这个，能帮我转交给我姐姐吗？"女子非常有礼貌地用双手将装着信笺的信封递到计面前。

女子名叫平井久美，是这家咖啡店的常客平井八绘子的妹妹。

"啊，但是，你姐姐……"计欲言又止。

久美把头歪向一边，讶异地看着计的脸。

"把这个交给你姐姐？"计若无其事地微微一笑，看向久美手上的信封。

久美有点迟疑："她可能不会仔细看，但还是拜托您。"说完后她深深低下头，太过客气的态度让计有点惶恐。

"我知道了。"计说道，然后一边鞠躬，一边双手接过这信封。

接着，久美走向收银台，把账单递给计："多少钱？"

计小心翼翼地把刚刚收下的信封放在吧台上，接过账单开始在收款机上输入金额。

这家店的收款机，可能是现存的还在使用的同类机器中最古老的。这家店是从昭和时期（1926—1989）开始使用收款机的，而这台收款机外表很像打字机，为了防盗，机身就有四十千克重，输入金额时会发出很大的咔嚓咔嚓的响声。

"咖啡、吐司、什锦百汇……"久美似乎吃了不少东西，账单不止一张。"咖喱抓饭、香蕉冰淇淋、咖喱猪排……"计输入第二张账单。

店员通常不会把账单上的明细一一念出来，但计好像不太注意这些。她兴高采烈地输入金额，就像是小孩玩玩具一样天真无邪。

"还有古冈佐拉蓝芝士面疙瘩、鸡肉紫苏奶油意大利面……"

"是吃太多了吧。"久美稍微提高了声音。一一念出账单明细似乎让她不太好意思，可能是想说：可以了，不用念下去了。

"吃太多了。"说这话的不是计，而是翻阅杂志的房木，他自己小声嘀咕着。

计吃了一惊，久美连耳朵都红了。

"多少钱？"久美问道。但是计还没有输入全部的账单。

"啊，还有总汇三明治和烤饭团、续加的咖喱饭和冰咖啡。总共一万零二百三十日元。"计微笑着说道，闪亮的眼睛骨碌碌地转着，她完全没有恶意。

"好的。"说完久美从钱包里拿出两张钞票。

"收您一万一千日元。"计接过钱，熟练地用手指弹了两下。

收款机再度咔嚓咔嚓地响了起来，久美一直低着头站在原处。"叮"，收款机的抽屉弹出来，计找出零钱："找您七百七十日元。"

计把零钱递给久美，再度微笑，闪亮的眼睛仍在骨碌碌地转动着。

"谢谢。"久美鞠躬道谢。

自己吃的东西被一一念出来让她非常不好意思，她转身打算离开，几乎像是逃跑一般。但是计把久美叫住了："那个……"

"什么？"久美停下脚步，转身看向计。

"要跟你姐姐说些什么吗？"计毫无意义地伸出双手挥舞着说。

"不用了，都写在信里了。"久美毫不迟疑地回答。

"说得也是。"计仿佛感到很遗憾，微微缩起肩膀说道。

计的关心似乎让久美很高兴,她微笑起来,稍微想了一下说道:"要是不麻烦的话……"

"不麻烦。"计的表情豁然开朗。

"就说爸爸跟妈妈已经不生气了。"

"爸爸跟妈妈已经不生气了。"计又刻意出声重复道。

"对,请替我转达。"

"好的,我知道了!"计点了两次头,高兴地回应道。

久美慢慢环视店内,再度礼貌地向计鞠躬,然后离开了咖啡店。

"你跟父母吵架了吗?"计目送久美走出咖啡店,然后转过身,对着空无一人的吧台说道。

"他们跟我断绝关系了。"一个沙哑的声音从吧台下方传出。

平井探出头来。

"你听到了吧?"

"听到什么?"

"你父母已经不生气了。"

"谁知道呢。"

大概是在吧台下蹲得太久了,平井像老太婆一样弯着腰蹒跚地走出来。她仍旧是一头卷发,穿着夸张的豹纹上衣、粉红紧身裙和海滩鞋。

"感觉她是个好妹妹。"

平井耸了耸肩:"看起来是吧。"

她边说边在久美刚刚坐的位子上坐下,从豹纹小包里拿出香烟点上。

香烟的烟雾袅袅升起,平井茫然地看着,很难得地露出认真的表情,心思好像飘去了远方。

"怎么了?"计一边转身走回吧台后方,一边问道。

平井呼地吐出一口烟,喃喃道:"她恨我啊。"

"恨你?"计惊讶地反问,眼睛睁得更大了。

"她不想继承家业。"

计一时之间好像不明白平井话中的含义,把头歪向一边。

"旅馆。"

平井的老家在宫城县仙台市,父母经营着一家有名的高级旅馆,他们希望平井能继承家业,但十三年前平井离家出走后,旅馆就由妹妹久美继承了。虽然父母都还健在,但年事已高，现在久美是小老板娘，管理旅馆大小事务。

久美自从当上小老板娘后，就定期到东京来找平井，想说服她回老家去。

"我早跟她说了我不会回去的，她还是一直来一直来。"平井屈指计算，带着受够了的表情说道，"是真的很烦人。"

"就算这样也不必躲起来啊。"

"我不想看。"

"看什么？"

"她的脸。"

计歪着头思索起来。

"全写在她脸上啊——都是姐姐的错，害我不得不当完全不想当的旅馆老板娘，要是姐姐回来我就可以自由了。诸如此类的。"平井厌烦地说着。

"她脸上没写这些啊。"计严肃地说。不过她这种天真的发言，平井早已习惯。

"总之，"平井打断了计，"我可不想让人责备。"她皱着脸吐出一口烟。

计再度歪着头。

"哎哟，讨厌，已经这么晚了。"平井好像故意这么说，接着在烟灰缸里把烟捻熄，"我得去开店了。"她站起来，伸了个懒腰,"躲了三小时腰都痛了。"她捶着腰,拖着海滩鞋"啪嗒啪嗒"地走向门口。

"啊,信。"歪着头的计突然想起来,小心地拿起信封,递给平井。

"丢掉就好了。"她看也不看那封信一眼,挥动着右手说道。

"你不看吗?"

"不用看也知道里面写了什么,比如旅馆只有我一个人照顾,实在太辛苦了,你快点回来吧,旅馆的工作现在开始学也不迟之类的。"平井说着从豹纹小包里拿出跟字典一样大的钱包,把咖啡钱放在吧台上。

"拜拜。"平井说完便以逃跑之姿离开了。

"居然叫我丢掉。"计带着困惑的表情看向久美的信。

计呆呆地站着,门口的铃铛再度响起,平井出去之后,数走了进来。

今天数跟堂兄流一起去采购食材,现在才回来。数的两手提着几个购物袋,左手无名指上钩着钥匙圈,穿着T恤和牛仔裤,看起来比打着领结、围着侍酒师围裙的工作装扮要年轻许多。

"回来啦。"计拿着那封信,微笑着说。

"对不起,回来晚了。"

"没关系、没关系,再说这里也不忙。"

"我马上去换衣服。"

此时的数比系着领结时的表情要丰富,她吐了吐舌头,走进后面的房间。

计仍旧拿着那封信。

"流呢?"计一边看向咖啡店的入口,一边问后面房间里的数。

咖啡店食材的采购由数和流两个人负责,采购的项目并不多,因为流对食材很挑剔,挑剔到往往大幅超过预算,所以采购的时候数负责监督他。数和流去采购时,计就得一个人看店,有时候流没买到满意的食材,就会一个人跑去喝酒。

"啊,他说会晚一点儿回来。"数含糊地回道。

"又去喝酒了吧?"

数探出头来,带着歉意说:"我来当班。"

计睁着大眼睛，拿着信走进后面的房间。

店里只剩下静静看小说的连衣裙女子和房木，虽然是夏天，两人还是喝着热咖啡。估计有两个理由：第一是热咖啡可以无限续杯；第二是店里一直都很凉爽，对长时间坐着不动的两人来说，喝热咖啡是毫无问题的。

过了一会儿，数以服务员的打扮出现在店里。

突然间，翻阅杂志的房木抬起头来叫道："服务员。"

"哎。"数好像吃了一惊，稍微提高了声音回答。

"咖啡，可以帮我续杯吗？"

"好的。"

不是平常冷静的态度，她的回答不知何故还残留着刚才穿着 T 恤时的天真口吻。

房木一直盯着数走进厨房。

这个叫房木的男人，每次来都坐在同一个位子上，要是有人先坐了，他就直接离开，也不会在别的位子上就坐。他并不是每天都来，一周来两三次，中午过后出现，他会把旅游杂志摊在桌上，也不知在看些什么，从第一页看到最后一页，看完之后就会离开。在这段时间里，他只点热咖啡。

店里的咖啡是摩卡，用的是埃塞俄比亚产的上等咖啡豆，香气极佳。这种咖啡豆酸味浓烈，很具特色，但也有人敬而远之。

这家店因为流的坚持只提供摩卡,偏偏房木很喜欢喝这种咖啡,而且这里的环境很舒适,非常适合花时间慢慢地翻阅杂志。

数端着玻璃咖啡壶,从厨房出来替房木续杯。她在房木的桌子旁边站定,把咖啡杯和杯碟一起拿起来。房木平时是一边看杂志,一边等咖啡续杯,但今天不一样,他带着讶异的表情盯着数的面孔。

房木跟平日的态度不一样,数觉得除了咖啡续杯,应该还有别的事情想问她。

"怎么了?"数笑着询问。

"你是新来的服务员吗?"房木不好意思地向她笑了笑,如此问道。

数的表情没有任何变化,把咖啡放在房木面前。

"嗯,对。"她回答道。

"这样啊。"房木回应道,微微一笑,可能是因为表明了自己的常客身份而心情愉悦。但只是这样而已,他马上又跟平常一样继续看杂志。

数若无其事地继续平静工作,因为没有其他客人,她只擦了擦洗好的杯子和盘子,然后放回架子上。

数一边工作，一边跟房木搭话，店里很小，所以很方便彼此对话。

"您常常来吗？"

"嗯。"

数顺着房木的话继续往下说："这家咖啡店的都市传说您知道吗？"

"嗯，知道得很清楚。"

"那个座位的事您也知道？"

"知道。"

"所以客人，您也是想回到过去？"

"是的。"房木毫不迟疑地回答。

数停下手上的工作，"回到过去，您想做什么呢？"

这么刨根问底的问题，如果放在平时，数是绝对不会问的。也许是意识到自己的问题有些不合适，数马上说道："啊，对不起。"她低下头，接着干起了手上的活儿，把视线从房木的身上移开了。

房木看着低下头的数，慢慢地从包里拿出一个朴素的牛皮纸信封，那个信封似乎有些年代了，四角都已经起皱，信封上没有写收信人的名字，但里面应该是一封信。

房木小心翼翼地用双手拿着信封，举在胸前让数看。

"那是……?"数再度停下手上的活儿问道。

"给我太太的。"房木的声音低得像在自言自语,"我要把这个给我太太。"

"是信吗?"

"对。"

"给您夫人?"

"对,因为我错过了把信给她的机会。"

"那您是想回到当初要给她信的那一天吗?"

"对。"

到目前为止,房木的回答都毫不迟疑。

"您夫人现在在哪里呢?"

房木无法立刻回答这个问题,他沉默了一会儿:"这个嘛……"

数看着房木,等待他回答。

"我不知道。"房木说。

他的声音小到几乎听不见。他挠着脑袋,为自己不知道太太在哪里而感到困惑,表情也有点僵硬。

数没有说什么,但房木好像很想解释。

"但是,我真的有太太的。"他慌忙地补充道,"她的名字叫……"房木一边说,一边用手指咚咚地敲着前额。

"嗯……"他把头微微移向一边,"她叫什么名字来着?"说着,他再度沉默。

计不知何时从后面的房间走出来,可能是听到了刚才的对话,脸色明显不太好。

"真是奇怪,不好意思。"房木说着,不好意思地轻笑起来。

数脸上的复杂表情不知该说是冷静还是悲伤,她回答道:"没关系。"

数无言地看向门口,不由得"啊"地叫出声来。走进来的人是高竹。

高竹在附近的医院当护士,今天应该是没上班,所以没有穿护士服,她穿的是一件淡黄色的宽松罩衫和深蓝色的七分紧身裤。她取下肩上背的黑皮包,一边走进来,一边用浅紫色的手帕擦拭额头上的汗水。

高竹与吧台后的两人轻轻打招呼,随后走到房木桌边,对他说:"房木先生,今天也到这里来啦。"

房木讶异地盯着叫自己名字的高竹，然后垂下眼睑，低着头不说话。

房木的态度跟以往不大一样，这让高竹有些困惑，以为他身体不舒服。

"房木先生，你还好吗？"高竹轻声地问道。

"我们以前见过面吗？"房木抬头看着高竹的脸，问出这样的问题让他有些不好意思。

高竹脸上的笑容瞬间消失了，手里的浅紫色手帕无声地掉在地上。

原来房木患有早发性阿尔茨海默病，有记忆障碍。

阿尔茨海默型的失智症会让脑部的神经细胞急速减少，大脑会病态萎缩，进而引发一系列因个人差异而有所不同的症状，包括智能低下、人格改变等。由于是大脑的部分机能低下，所以有些事会忘记，有些事仍旧记得。

房木的症状是：新的记忆在慢慢消失，本来乖戾的性格变得圆滑。也就是说，房木虽然记得他有太太，但是却忘了站在他面前的高竹就是他的太太。

"啊，没有。"高竹小声地说，接着后退了两步。

数静静地看向高竹，计则脸色苍白地低着头。

高竹慢慢地转过身，走向离房木最远的一个吧台位子坐下。坐下后，她才发现手帕掉了，但是好像那手帕不是她的一样，高竹并没有起身去捡。

房木发现手帕掉在脚边，于是捡了起来，他盯着手帕看了好一会儿，然后站起来，走到高竹旁边。

"不好意思，我最近好像健忘得厉害……"房木低下头说道。

"没关系。"高竹没有看房木，只用颤抖的手接过手帕。

房木再度微微点头，蹒跚地走回自己的座位。

房木虽然坐下了，但却坐立不安，他翻了几页杂志，挠着自己的脑袋。过了一会儿，他伸手端起咖啡杯，喝了一口，咖啡分明是刚刚才续杯的，"咖啡已经冷了。"他喃喃道。

"我替您换一杯吧？"数立刻说。

"今天我就先回去了。"房木匆匆站起来说道，开始收拾桌面上杂志之类的东西。

高竹把手放在膝盖上，紧紧握着手帕，一动也不动。

房木走到收银台前，递出账单，"多少钱？"

"三百八十日元。"数一边偷看高竹，一边回答，并在收款机上输入金额。

"三百八十日元。"房木掏出已经用旧的男士钱包，拿出一张千元钞递给数。

"收您一千日元。"数接过钞票,打开收款机。这时的房木也偷偷地看着高竹,但是他并没有任何动作,只是紧张地等待找钱。

"找您六百二十日元。"

房木伸手接过零钱说:"谢谢。"他好像感到十分抱歉似的,很快便离开了这家店。

房木离开后,大家都沉默了好一会儿,只有连衣裙女子没事人似的平静地继续看着书。这家咖啡店原本就不放音乐,能听到的声音只有落地钟钟摆的嘀嗒声和连衣裙女子翻书的沙沙声。而此刻,店里所有的声音仿佛都消失了,一片沉寂。

沉默了一会儿,数对坐在吧台位子的高竹喊道:"高竹小姐……"但是数没有继续说下去,她也不知道该说什么才好。

高竹好像察觉了数的心思,她露出微笑:"没关系,我早就有心理准备了。不用担心。"

对话到此便没有持续下去，在这样的氛围中，高竹最终还是垂下头来。

高竹之前就跟数和计说明过房木的病情，当然，流和平井也知道。高竹料想房木有一天会完全忘记自己，所以她常常说："就算这样，我还是会以护士的身份照顾他的，就因为我是护士，所以有能为他做的事。"以此来表示自己已经有了心理准备，也叮嘱数和计，让她们按她的旧姓叫她"高竹小姐"，为了防止房木混乱。而在以前，数和计都叫她"房木太太"。

早发性阿尔茨海默病的病情发展，根据年龄和性别、原因和应对方式的不同因人而异，但房木病情的恶化速度，比其他病例要快很多。

高竹无法从房木忘记自己的悲哀中恢复过来，也不知该如何应对眼前这压抑的气氛。

计突然走进厨房，然后拿回来一瓶未开封的酒，酒瓶的标签上写着"七幸"。

"这是客人送的。"计说着，把酒瓶放在了吧台上，"要喝点吗？"她微笑着问，虽然面带微笑，但她的眼睛是红的。

计出乎意料的举动打破了压抑沉闷的气氛，也让三个人没那么紧张了。

高竹虽然有些困惑，但这个机会不容错过，对她来说，现场气氛能缓和就很令人欣慰了。

"那，就喝一点。"高竹回道。

计常常有出其不意的想法，关于这点，高竹也是知道的，但没想到会在这个节骨眼上体现出来，高竹觉得这可能就是平井所谓的"计的幸福生活的秘诀"。

计看着高竹，而高竹也看着计，不知不觉间心情平静了下来。

"不知道有没有什么可以下酒的？"数走进厨房。

"酒要温吗？"

"不用……"

"那就这样喝……"

计熟练地开了酒，倒进准备好的杯子里，倒得满满的。高竹心想，她想让我喝多少啊，不由得傻傻地笑出声来。

计把快满出来的一杯日本酒推到高竹面前。

"谢谢。"高竹带着笑意应答。

数拿着一罐腌菜回来，问道："只有这个吗？"

"已经够啦。"计说道，接着把装腌菜的小碟递给数。数把腌菜装进小碟，准备了三个小叉子。

"我喝这个就好。"计说着，从吧台下的冰箱里拿出柳橙汁，倒进杯子里，柳橙汁也满得快溢出来了。高竹忍着笑，伸手举起酒杯。

她们三个人都不太懂日本酒，计虽然问"要不要喝"，但她自己却不会喝酒，只喝柳橙汁。

客人送给计的这瓶"七幸"，似乎是喝了就能得到七种幸福。"七幸"是无色透明的吟酿[1]，一般人看不出来，但酒光略微泛青，是所谓"青泽"色调的高级酒，香气则是甜甜的果实味，口感非常清爽。正如其名，是喝了就令人感到幸福的好酒。

高竹享受着甜美的香气，回忆起五年前第一次到这家咖啡店的那个夏日。电视上接连数日都在报导因为地球温室效应，今年是创下日本高温纪录的酷暑年。

那天，高竹和丈夫刚好都休假，两人一起出门买东西。但天气实在太热，都快把人烤熟了，本就不情不愿跟着出门的丈夫只想找个凉快的地方休息一下，于是两人开始寻觅可以坐下来休息的店。但高竹很快就发现，今天出门的人可能都有同样的想法，因为无论是咖啡店，还是家庭餐

---

[1] 吟酿：在日本酿酒文化中，吟酿代表了清酒的卓越品质和高超工艺。

厅都挤满了吹冷气的客人。

突然间,高竹看见巷子里的一块招牌,上面写着咖啡店的名字"缆车之行"。这也是一首歌的歌名,她唱过这首歌,虽然是很久以前的记忆,但旋律还记得很清楚。歌词大意是:攀登火山——炙热的岩浆当头浇下,汗珠不停滴落……

推开沉重的木门进去后,店里颇为凉爽,门口的铃声听着也很舒服。这家店面积不大,两人座的桌子三张,吧台只有三个座位,而客人只有一个,就是坐在离入口最远的那个桌位上的穿着白色连衣裙的女人。真是幸运,这里可以说是个隐密的、避暑的好地方。

丈夫说:"太好了。"他在离入口最近的桌旁重重坐下,紧跟着一个眼神灵动的女人就送来了一杯冰水,他立刻点了一杯冰咖啡。

高竹说:"我也要。"点了冰咖啡后,在丈夫的对面坐下。丈夫可能觉得面对面坐着不好意思,便移动到吧台的位子。

丈夫这种行为高竹早就司空见惯,她并不在意,反而对自己上班的医院附近竟然有气氛这么好的咖啡店感到惊讶。

硕大的柱子,天花板上交叉的木头梁柱,栗子皮般深咖色的三座大落地钟,高竹对古董的认识并不深,但一看就知道这些都是有年头的东西了。墙壁是黄豆色的粗糙土墙,因为年久而产生的斑斑旧迹反而显得古色古香。可能是没有窗户的缘故，虽然是白天，但这里感觉不到时间在流动。微暗的照明把店里染成黄褐色，有种怀旧的氛围，让人觉得很舒服。

虽然店里很凉爽，但环顾四周却没有看到空调。只有天花板上的木制吊扇慢慢地转动着。这让高竹觉得很不可思议，后来她也问过计和流，但得到的回答只是"以前就是这样了"。

高竹非常喜欢这家咖啡店的气氛，也喜欢计他们的为人，所以后来在工作之余常常光顾这里。

"干杯。"数不假思索地举杯说，然后露出抱歉的表情。

"不是要……干杯吧？"计尴尬地看着高竹。

"没关系，别介意。"高竹回答，把自己的杯子举到数的杯子前面。

"对不起。"

"没关系。"高竹温柔地笑着，和数碰了杯，杯子清脆的响声在店里回荡。

高竹喝了一口"七幸",甜美的味道在口中扩散。

"大约是半年以前,我开始用旧姓称呼。"高竹断断续续地说,"我从房木先生的记忆里无声无息地、慢慢地消失了……"

高竹突然笑了起来,喃喃道:"我已经做好了心理准备。"听到这句话,计的眼睛更红了。

"所以,真的没关系。"高竹急忙挥了挥手说,"我是护士,就算我在他的记忆里消失了,还可以以护士的身份照顾他。"高竹轻松地说着,她不想让计和数觉得她是在逞强。

确实,她并不是在逞强,她心里真的是这么想的——作为护士有能照顾他的方式。

数面无表情地把玩着酒杯,计的眼中又流下了泪水。

高竹身后传来书本合上的声音,连衣裙女子合上了正在看的小说。

高竹转过头,连衣裙女子把夹着书签的小说放在桌上,从白色的包包里取出手帕,大概是要去洗手间了。

连衣裙女子站了起来,悄然无声地走向洗手间,要是大家没有听到书本合上的声音,应该根本不会察觉到她的举动。

高竹看着连衣裙女子的动作,计只看了一眼,数则看也不看自顾自喝着"七幸"。对计和数两人来说,连衣裙女子的动作已经是家常便饭了。

"房木先生回到过去想做什么呢?"高竹看着连衣裙女子空出来的位子,喃喃说道。

高竹当然知道那个位子就是能回到过去的座位。

阿尔茨海默病发作之前的房木是绝对不会相信这种故事的。当时高竹愉快地跟房木谈起这家咖啡店"可以回到过去"的事,房木只说:"少蠢了。"他完全不相信心灵现象或是超自然现象。

房木的记忆开始消退之后,偶尔会来这里等连衣裙女子走开,高竹听到这个消息的时候,简直怀疑自己的耳朵。阿尔茨海默病发作后,人的性格可能会发生改变,现在的房木性格变得很随和,因此信念和相信的事物有所改变也并不奇怪。

所以,房木他到底为什么想回到过去呢?

高竹很在意,曾经也问过房木,但他总是说"这是秘密",不肯告诉她。

"他有一封信,要交给高竹小姐。"数好像看穿了高竹的心思,开口说道。

"给我?"

"对。"

"信?"

"房木先生说,错过了给你的机会,所以……"

"这样啊。"高竹沉默了一会儿,好像事不关己。

高竹冷漠的反应让数面露疑惑,她觉得自己可能多嘴失言了。

知道了房木想回到过去的理由,高竹只能做出这么冷淡的反应,不是因为听说了这个回到过去的理由,而是因为房木给自己写了信,一时之间让她感到难以置信。

因为房木向来不擅长写信。

房木生长在一个比较落后的村落里,小时候家里并不富裕,他在自家开的海苔店里帮忙,没有好好上学,虽然会写平假名[1],但汉字水平只是小学低年级的程度。

---

1 平假名:由汉字草书演变而来,看起来比较平滑,在书写的时候不能棱角分明,要圆润流畅。

高竹跟房木是在二十三年前由共同的友人介绍认识的，当时高竹二十一岁，房木二十六岁。那时手机还没有普及，基本是通过座机或者写信来联络。房木是一名园丁，住在雇主家里；高竹刚开始上护理学校，两人见面的机会并不多，主要靠写信联络。

高竹信里的话题总是很丰富，自己身上发生的事、护理学校发生的事、阅读书籍的感想、将来的梦想、当下的感受、对事情处理的细节等，都会写在信上，曾经写过的内容长达十张信纸。

然而，房木的回信总是很简短，一张信纸上只会写着"很有趣"或"原来如此"之类的话，有时回信只有一句话。一开始，高竹以为他工作很忙，没时间写信，但无论寄给他几封，都没有像样的回信，高竹开始怀疑房木对自己并没有好感。于是高竹写信告诉房木，如果他对她没有好感的话，就不用再勉强，只要他不再回信，自己就会放弃。

通常一周就会收到的回信，这次过了一个月仍不见踪影，高竹很受打击。之前房木的回信虽然简短，但并不讨人厌。从他不刻意追求形式这一点可以感觉到他坦率的人品，因此虽然高竹说只要他不回信自己就会放弃，但过了一个半月，她仍旧在等待他的回信。

两个月过去了，突然有一天，高竹收到了房木的回信，信上只写着简短的几个字——结婚吧！

就这样简短的几个字，让高竹感觉到前所未有的心神荡漾，但是高竹觉得心有不甘，房木好像已经看透了自己的心思，于是也写了几个字回复他——那就结吧！

那之后，高竹才知道房木其实不太善于读写，于是问他之前的信都是怎么阅读的。房木说汉字太多的信，他只能茫然地看，茫然看时的感受就写下来当回信。最后的那封信他看着看着，总觉得好像要失去什么重要的东西，于是就把信中的词句拆开，分别询问其他人确认意思，因此回信才迟了。

听到房木给自己写了信，高竹露出一脸难以置信的表情。

"大概是这么大的牛皮纸信封。"数用手指描绘信封的大小。

"牛皮纸信封？"一听到牛皮纸信封，高竹就觉得这像是房木做的事，但仍旧想不出所以然。

"情书吗？"说话的是计，水灵灵的眼睛天真无邪地闪闪发光。

"不是的，肯定不是的。"高竹一边苦笑一边说，并用力挥着手否定。

"如果真的是情书的话，你要怎么办？"数平常是不会多管别人私事的，大概是想改变沉重的气氛吧，她勉强地笑着支持"情书论"。

高竹也觉得改变话题比较好，于是接受了不知道房木有读写困难的两人的"情书论"。

"那我大概会看看吧。"高竹有点不好意思地说。这并不是谎言，要是房木写的真是情书的话，她确实会好好看看的。

"去看看吧？"计说。

"啊？"高竹一时之间不知道计在说什么，惊讶地睁大了眼睛。

听到这句异想天开的话，数慌忙把杯子放在吧台上，叫了声："大嫂！"

高竹看着计。

"你应该收下的。"计坚定地说。

"计，等一下。"高竹想阻止计。

"要是房木先生写情书给你，那你非收下不可。"计认定房木写的就是情书了。

数露出无可奈何的样子，微笑着叹了一口气。

高竹再次看向连衣裙女子坐的那个位子。她听说过回到过去的传闻，也知道有很多麻烦的规则，但是她自己从来没想过要回到过去。老实说，她对回到过去的说法半信半疑。

如果真的能回到过去的话，高竹确实也想回去看看。她最在意的就是那封信，要是数说的是真的，能回到房木没机会把信交给她的那一天，或许就能收到那封信了。她抱着这样的期待。

突然，高竹又想到一个问题，如果自己先回到过去收下房木想交给她的信，这样真的好吗？她觉得这和硬抢没有区别，一时之间犹豫不决。

高竹深呼吸了一下，冷静地分析眼前的状况。

规则是回到过去之后，无论如何努力也改变不了现实。既然如此，就算回到过去收下信，当下也不会有任何改变。

为此，高竹再三跟数确认。

"不会改变。"数立刻回答。

高竹的心开始动摇了，"现实不会改变"的意思是就算高竹先取得了信，房木回到过去后现实也不会改变。

高竹一口气喝完了杯子里的"七幸"，她打起精神，"呼"地吐出一口气，把杯子"咚"的一声放在吧台上。

"是的，就是这样。"高竹好像是说给自己听似的，"要是那封信真的是写给我的情书，那我看了也没有任何问题吧？"

高竹故意用"情书"这两个字驱散罪恶感。

计用力地点头，然后以高竹为榜样，毫无必要地一口气把柳橙汁喝完了。

数并没有跟她们俩一样一口气喝完杯子中的"七幸"，而是缓缓地把手中的杯子放在吧台上，然后慢慢走进厨房。

高竹站在能回到过去的座位前，感到全身血液在快速流动，她把身体移向桌子和椅子中间，缓缓地坐下。

这家咖啡店的椅子腿是猫脚状的，有着优美的曲线，椅垫和椅背都包着浅苔绿的布垫。

高竹定睛一看，每一张椅子都跟新的一样，而且不只椅子，店里到处都是亮晶晶的。如果这家店是明治初期开张的话，已经营业超过百年了，然而任何地方都没有半点尘埃，显然是店员们每天花费了很多时间来打扫，她不由得感叹，呼出一口气。

数不知何时回来了，正静静地站在桌子旁边。她手上端的银色托盘上放着纯白的咖啡杯，咖啡壶也不是平常使用的透明玻璃壶，而是小型的银壶。

此时，数的脸上完全没有刚才少女般的纯真神色，而是严肃得让人有点害怕，高竹看着数的表情，吃了一惊。

"您知道规则吧？"数以仿佛置身事外的声音平静地问道。

高竹赶忙在脑中回想了一下回到过去的规则。

第一，就算回到过去，也无法见到未曾来过这家咖啡店的人。也就是说，要是为了跟某人见面而回到过去，重点就在于那个人必须来过这家咖啡店。高竹心想，房木来过这里许多次，这点没有问题。

第二，回到过去之后，无论如何努力也改变不了现实。这点高竹也确认过了。就算回到过去，收下房木没机会给她的那封信，现实也不会改变。不只那封信而已，就算发现了跨越时代的阿尔茨海默病治疗法，回到过去让房木尝试，他的病情也不会好转。

第三，能回到过去的那个座位上坐着连衣裙女子，一定得坐在那个位子上才行。连衣裙女子一天会去一次洗手间，但没人知道她什么时候去。如果想强迫连衣裙女子离开座位的话,就会被诅咒,而高竹偶然遇上了这个时机,真是幸运。

第四,回到过去之后,无法离开座位自由行动。回到过去后,如果想离开座位,就会被强行带回现实。这家咖啡店在地下室,手机在这里是没有信号的,回到过去如果想用手机跟当时不在这家咖啡店里的人联络,是办不到的。总之,不能离开座位,也没办法离开地下室。这也是非常讨厌的规则。

高竹听说过几年前许多人因为都市传说蜂拥而至,可能是因为有这么多麻烦的规则,所以现在来这家咖啡店里的人寥寥无几。

高竹发现数仍旧默默地等待着她的回答,于是,再次确认道:"在咖啡变冷之前喝完就好了吧?"

"是的。"

"还有吗?"高竹记忆中的规则只有这些。

"请聚精会神地想象您要回去的那一天。"数好像看穿了高竹的疑问般补充说道。

"想象？"说是想象，但这种说法实在模糊，高竹不由得反问。

"房木先生还没有忘记高竹小姐，想把信交给你，然后带着信到这家咖啡店来的日子。"数完全不说废话，快速地告诉高竹她要想象的内容。

"没有忘记我、信、来这里的日子……"高竹一字一句地重复着，以便自己能清晰地想起那天的一切。

房木还没有忘记高竹——高竹想起了三年前的夏天，那时，房木还没有生病的征兆。

至于房木想把信给高竹，这就很困难了，高竹无法想象房木什么时候写了信要给她，但如果回到房木写信之前就没有意义了，因此高竹只能想象着房木写信的样子。

接着就是房木带着信来到这里的日子，这很重要。就算能回到过去，就算见到了房木，要是他没带着信来也是没有意义的。房木平时都把重要东西放在黑色的手提包里随身携带，要是真的是情书的话，房木不可能放在家里，为了不让高竹发现，一定会放在包包里随身携带。虽然不知道房木想把信给她的日子是哪一天，但可能性总是有的。

高竹想象着房木随身携带手提包的样子。

"准备好了吗?"数冷静地询问。

"再等一下。"高竹深呼吸了一下,小声地重复着,"没有忘记我、信、来这里的日子……"

再拖下去也没有意义,高竹下定决心,直视着数的眼睛说道:"好了。"

数微微点头,把空的咖啡杯放在高竹面前,用右手慢慢拿起托盘上的银壶,每个动作都像芭蕾舞般优雅。

数垂着眼睑看向高竹,"那么……"她接着轻声说了一句,"在咖啡变冷之前……"

这几个字在安静的店里回荡着,连高竹都感觉到气氛紧张了起来。

数像执行严肃的仪式一般,往杯子里倒咖啡。银壶的开口非常小,壶里发出咕嘟咕嘟的声音。咖啡看起来像一条黑色的细线,从银色咖啡壶里非常缓慢地、无声地注入白色咖啡杯里。

高竹没见过这个银色咖啡壶,它跟店里的其他咖啡壶比起来略小一些,但看起来十分高级,感觉很有分量。

说不定咖啡的味道也是特别的,高竹心里这么想着。

倒满咖啡的杯子袅袅升起一缕薄烟。似乎在那一瞬间,周围的景象开始扭曲晃动。高竹以为是错觉,她想起刚刚一口气把"七幸"喝完,难道现在酒劲发作了?

很快高竹便发现事实并不是这样的,原来摇摇晃晃的是自己的身体,而且自己的身体居然变成了咖啡的热气,她吃了一惊。等回过神来时,高竹周围的景象从上往下飞快地流动,将变成热气的高竹带到了过去。

高竹紧闭着双眼,但并不是因为害怕,而是因为真的可以回到过去了,她想做好心理准备。

高竹是因为房木的一句话,才发现他的不对劲。

那天,高竹一边做晚饭,一边等待房木回来。

房木是园丁,园丁的工作并不只是修剪枝叶而已,还必须考虑庭院和房屋的平衡感。太华丽不好,太朴素也不行,"平衡感非常重要"这是房木的口头禅。

房木的工作从一大早开始,到太阳下山结束。之后,除非有要事,否则房木一定会回家。所以,只要高竹不值夜班,一定会等房木回来一起吃晚饭。

那天太阳早已下山,房木却还没有回来。高竹以为他可能很难得地跟同事一起去喝酒了,所以并没有特别在意。结果,房木比平时晚回家两小时。

房木回来的时候一定会按门铃,而且是连按三声,以便让高竹知道自己回来了。

那天房木并没有按门铃,高竹直接听见转动门把的声音,接着外面有人说道:"是我,我回来了。"

高竹惊讶地打开门,心想,难道他是受了伤不能按门铃吗?但是,门外的房木看起来跟平时没有两样,他穿着灰色的工作上衣和深蓝色的马裤。他把工具袋从肩膀上卸下,不好意思地说:"我迷路了。"

那是两年前夏末的一天。

高竹是护士,对各种疾病的初期症状十分敏感,她确定这不只是单纯的健忘而已。过了一阵子,房木经常会忘记自己有没有去上班,后来病情逐渐恶化,甚至还会半夜突然说"我忘了有重要的工作要做"而立刻起来。

那时高竹没有跟他唱反调,只说等早上再确定就好,总之,试着安抚他并让他平静下来。

高竹瞒着房木找专业的医生商谈过,也做了各种各样延缓病情恶化的努力。但是,房木一天比一天健忘,慢慢忘记了所有的事情。

房木喜欢旅行，与其说是喜欢旅行，不如说是喜欢在各种地方观赏庭园。高竹总会尽量配合他休假，跟他一起旅行。房木说这是他的工作，不希望高竹跟着去受累，但高竹并不介意。旅行中的房木常常皱着眉头，但高竹知道那是他心情好时的怪癖。

即使病情加重，房木也没有放弃旅行，只不过同一个地方会去好几次。

两人的生活慢慢开始受到影响。房木常常忘了自己买过什么东西，还会问："这是谁买的啊？"不高兴、不快乐的日子也逐渐增加。

两人现在住的公寓是结婚之后才搬进去的，可是房木出门之后就回不来了，好几次都是警察联系高竹后，高竹去把他接回家的。

半年前，房木的病情终于发展到用她的旧姓称呼她，叫她"高竹小姐"的地步。

不知何时，摇摇晃晃头晕目眩的感觉消失了。高竹睁开眼睛，看见慢慢旋转的吊扇，手脚也已经不再是热气。但到底有没有真的回到了过去，还不知道。

此刻，要说有什么不同的话，就是倒咖啡的数和计都不在。高竹努力保持镇定，却无法阻止心跳越来越快。高竹再度环顾店内，寂寥地喃喃道："一个人都没有。"

高竹非常失望，原以为回到过去房木会在。她呆呆地看着天花板上的吊扇，心思流转。虽然很遗憾，但或许这样才是最好的。老实说，她也松了一口气。她的确想看信，但"强夺"这种行为让她很有罪恶感，要是房木知道她为了看信从未来回来，绝对会不高兴的。

既然现实不会改变，那不看也无所谓。如果看了信后房木的病情会好转的话，就算用自己的性命来换，高竹也要看。但是房木的病情跟信没有任何关系，房木忘记高竹的现实也不会改变。

刚才房木突然问高竹是不是以前在哪里见过，这让高竹大吃一惊，情绪有些激动，她虽然早已有了心理准备，但还是无法保持冷静。

高竹努力让自己镇定下来，回到现实吧，就算房木觉得她是陌生人，她还是可以照顾他。她要照顾他，高竹再度唤起自己的决心。

"那封信不可能是情书的。"高竹喃喃道，伸手拿起咖啡杯。

有人走进来了。

这家咖啡店的大门是一扇高约两米的大木门，推开这扇门，铃铛会发出"叮叮咚咚"的声音，但是门开之后并不能立刻就进到店内。从木门到店内要走两三步，所以从铃铛响起到看见进来的客人，中间有数秒的间隔。因此，铃铛虽然响了，但高竹并不知道进来的是谁。

是流？还是计？高竹发现自己有点紧张，确切来说是有点兴奋。这种经验很少，不，应该说不会再有第二次了。

进来的如果是计的话，或许可以问一下原因；如果是数的话，她的态度跟平常一样，可能会让人有点不满意。高竹在脑海中想象着各种情况。然而，进来的不是计也不是数，出现在入口处的是房木。

高竹不由得"啊"地叫出声来。她太大意了，原本就是来见房木的，竟然没想到来的人会是房木。

房木穿着深蓝色的短袖，米色的短裤，这是他平常不上班时的休闲打扮。外面应该很热，他用手上的包包当扇子扇风。

高竹好像被一块大石头压住般无法动弹，而房木站在咖啡店入口，一言不发，带着惊愕的神情看着高竹。

"那个……"高竹虽然开口了，但完全不知道接下来该说什么。因为从认识到成为夫妻，房木都没有这样凝视过她。她很高兴，但也很不好意思。

高竹想起了三年前，但她回到的是不是三年前根本无法确定，也有可能弄错了，只是回到了三天前，她突然觉得想象真是太不可靠了。

"怎么，你在这里啊。"房木生硬地说，他一直都是这样说话。不对，是生病之前的房木的口吻，这跟高竹记忆中的房木一样。

"我等你，但你没有回来。"高竹说道。

房木移开视线，好像不高兴似的皱着眉头，轻咳了几声。

"你,是你吧?"高竹问道。

"嗯?"

"我是谁?"高竹再次问道。

"什么?"房木讶异地看着高竹。

高竹当然不是在开玩笑,她必须确认,如果真的回到了过去,到底是回到了什么时候?是房木阿尔茨海默病发作之前,还是之后?

"说说看,我叫什么名字。"

"你开什么玩笑?"房木怒道,没有回答高竹的问题。

但高竹却愉快地笑了,她微微摇头说道:"没有,没事。"

简短的对话让高竹完全明白了——确实回到了过去。毫无疑问,眼前的房木是失去记忆前的房木,跟她想象中一样——三年前的房木。

高竹搅拌着咖啡,忍不住又笑了。

"奇怪的家伙。"房木看着高竹说道。他发现店里除了他们俩没有其他人在。"老板?"他对着厨房叫道,没有人回答。他穿着皮凉鞋"啪嗒啪嗒"地绕过吧台,朝后面的房间看了看,但仍旧没有人出来。

"搞什么,没有人在啊。"他喃喃地抱怨道,在离高竹最远的吧台位子坐下。

高竹刻意轻咳了一声,房木一脸厌烦地转过头。

"干吗?"

"你为什么坐在那里?"

"坐哪里有什么关系?"

"那就坐这里吧。"高竹一边说,一边轻轻敲着桌面,示意自己对面的位子是空着的。

"不用了。"房木满脸不悦地说。

"为什么?"高竹不满地问道。

"老夫老妻了,还坐在同一个桌位,像什么话。"听起来他像是生气了,还皱着眉头。虽然话说得不好听,但房木皱着眉头并不是心情不好,反而是他心情好时掩饰不好意思的怪癖。这一点高竹很清楚。

"是啊,都老夫老妻了。"高竹笑着同意。从房木口中说出夫妻这个词就够让她高兴的了。

"干吗啊,真肉麻。"

现在不管房木说什么,高竹都觉得好怀念,而且觉得好幸福。

高竹漫不经心地喝了一口咖啡。"啊。"咖啡温温的,高竹想起时间非常有限,在这杯咖啡变冷之前,她有非做不可的事。

"老……老公！"

"干吗？"

"你是不是有东西要给我？"高竹兴奋不已。要是发病之前的房木写的信，搞不好真的是情书。但是她的理智告诉她，这是不可能的。可如果真的是情书的话，她确实很想看。这种情感掩盖了无论做什么现实都无法改变的规则。

"什么？"

"像这样大小的。"高竹像数那样用手指在空中描绘信封的大小。

房木看着她的动作，脸色越来越难看，动也不动地瞪着她。看见房木是如此的反应，高竹心想"糟了"！

刚结婚的时候，发生过类似的事。房木替高竹准备了生日礼物，就在生日前一天，高竹偶然发现房木准备了礼物，她非常高兴，因为这是房木送给她的第一份礼物。

当天，高竹对着下班回家的房木高兴地说："你今天有东西要给我吧？"房木沉默了一会儿，然后说："没有啊。"就这样礼物进了垃圾桶，那是一条浅紫色的手帕。

现在高竹做了跟当时同样的事。房木讨厌人家说破他打算做的事，要是他真的带着信，此刻绝对不会给她；如果真的是情书，那就更不会给她了。

虽然赶时间，但高竹还是后悔自己如此粗心大意，房木仍旧脸色难看地瞪着她。

高竹微笑着对房木说："对不起、对不起，没事，当我没说。"

她轻松地应对，好像是在说"无所谓的，只是随口问问而已"。

"啊，对了，今天晚上吃寿喜烧吧？"高竹转移了话题。房木非常喜欢寿喜烧，虽然他仍旧板着脸，但听到吃寿喜烧，心情应该已经好起来了。

高竹慢慢地伸手摸咖啡杯，确定咖啡的温度——还有时间。高竹决定要好好珍惜跟房木共处的温暖时光，不管情书的事了。

从房木的反应来看，他确实写了信要给自己；要是没写的话，他一定会用之前的语气说："你在说什么啊？"这样看来，房木可能会把信丢掉。高竹一边哄房木，一边决定不再重蹈生日礼物的覆辙，她改变了作战方针。

房木仍旧脸色凝重，这也是他惯用的手法，因为他不想让高竹觉得自己一听到寿喜烧就会开心（真是一点也不坦率）。

阿尔茨海默病发病前的房木就是这样,即使是不高兴也会很可爱,高竹打心底觉得回到过去的时光实在太幸福了。

然而,高竹错了。

"这样啊,原来如此。"房木仍旧沉着脸,喃喃说道,接着站起来走到高竹面前。

"什……什么?"高竹抬头看着站在面前瞪着自己的房木。

"怎……怎么了?"高竹慌乱地问,这种反应还是第一次。

"你是从未来回来的吧?"

"啊?"

突然间,房木说出了她完全没料到的话。但他说的没有错,高竹确实是从未来回来的。高竹努力回想,确实没有"回到过去的时候,不能让见到的人知道自己是从未来回来的"这条规则。

"这个……"

"你坐在这个位子上就很奇怪呀。"

"这是……"

"所以你已经知道我生病的事了?"

高竹的心脏几乎要从胸口跳出来了,她以为自己回到了房木生病之前，但她错了。眼前的房木已经知道自己生病了。从房木的穿着来看，现在应该是夏天，这样的话，应该是回到了两年前。房木找不到回家的路，高竹第一次发现他生病是两年前的夏天。要是一年前的话，房木患的阿尔茨海默病症状已经很明显，高竹跟他已经没办法很顺畅地交流了。

高竹以为自己回到的是三年前，但事实上是回到了符合"房木没有忘记她""想把信交给她""带着信来咖啡店"这三个条件的日子。

高竹没有回到三年前，一定是三年前房木还没写下那封信的缘故。这么说来，信是房木在生病之后才写的，所以绝对不可能是情书。

既然如此，信的内容一定跟房木的病情有关。高竹想起刚才房木听见自己问起信的事时那吓人的表情，她笃定信跟病情有关。

"你知道了吧？"房木仿佛责备高竹一般大声说道。

这个时候撒谎绝对不是上策，高竹无言地微微点头。

"这样啊。"房木看着她无力地说。

高竹恢复了冷静，想起了回到过去无论做什么事，现实都不会改变。但她也绝对不会说任何让眼前的房木觉得难受的话。

早知道事情是这样,就不回到过去了。高竹想到自己以为那封信是情书而沾沾自喜的心情,就觉得太丢脸了,但现在不是自责的时候。

房木仍旧沉默不语。

"老公……"

高竹看着垂头丧气的房木,不由得叫他。她第一次看见房木这么沮丧,胸口有些发紧。

房木转身背对高竹,走回刚才坐着的吧台位子,他拿起放在吧台上的黑色手提包,从里面拿出一个牛皮纸信封,再度回到高竹面前,此刻的他有点不好意思。

"现在的你(指两年前的高竹)还不知道我生病。"房木用几乎难以听见的沙哑声音,喃喃说道。

或许房木是这样认为吧,但是此时的高竹(指两年前的高竹)已经察觉了,或者即将察觉了。

"我不知道该怎么跟你说我生病的事。"房木举起牛皮纸信封。

房木似乎把自己得了阿尔茨海默病的事写在信里了。这样的话,这封信就算现在的高竹看了也没有意义吧,因为现在的高竹已经知道了。该看这封信的是过去的高竹,但房木没把这封信交给过去的高竹。

房木没能给过去的高竹这封信，也没关系，因为这就是现实。

高竹打算这就回到现实，她不想再提有关生病的话题，她怕房木会询问病情的发展情况。要是知道症状越来越严重，眼前的房木不知道会受到多大的打击，所以要在他发问之前回到现实。

咖啡已经是高竹可以一口喝完的温度。

"咖啡变冷了可不行。"说着高竹把杯子举到嘴边。

就在此时，房木垂着头低声问道："我，还是把你忘记了吗？"

高竹听见这句话，脑中一片空白，简直到了连眼前的咖啡杯都不知是何物的地步。

高竹怯生生地看向房木，房木神色寂寥地回看着高竹。房木露出这样的表情，让人难以置信。

高竹说不出话来，更无法直视房木，不由得垂下眼睑。

高竹没有回答房木的问题，事实上，这就跟肯定了一样。

"这样呀，果然……"房木看着高竹，悲哀地喃喃自语，头垂得更低了。

泪水从高竹的眼中溢出。

房木被诊断出患阿尔茨海默病,每天都抱着记忆会消失的恐惧和不安,但仍旧不想让妻子高竹察觉,独自一人默默地承受着。

房木知道了高竹是从未来回来的,之后第一件要确定的事,竟然是自己有没有忘记她。

这让高竹既高兴又悲伤,她忘了拭去泪水便抬起头来,满面笑容地看着房木,仿佛喜极而泣一样。

"其实,你的病情有好转呢。"(我身为护士,现在一定要坚强才行。)

"我问过未来的你了。"(反正回到过去无论说什么,现实都不会改变。)

"虽然有不安的时候。"(要是这种谎言能消除房木的不安,就算只有一瞬间也好。)

高竹觉得死也要让房木相信这个谎言,她哽咽起来,泪流满面,但还是堆着笑容继续说下去。

"没问题的。"(没问题的。)

"可以治好。"(可以治好。)

"放心吧。"(绝对可以治好的。)

高竹一字一句,坚定地对房木说,这些话来自高竹的意志，并不是谎言。

房木直直地盯着高竹的眼睛，高竹也同样凝视着房木，任由眼泪流下。

"是这样啊。"房木轻声说道，他好像很高兴。

"嗯。"高竹对着他用力点头。

房木露出非常平静的表情，低头看着手上的牛皮纸信封，然后慢慢走到高竹面前。

"这个……"房木开口说，然后像小孩子一样把手上的牛皮纸信封递给高竹。

"等治好了之后……"高竹轻轻把信封推了回去。

"那你就丢掉吧。"说着房木稍微使劲儿把信封递了过去。这句话的语气并不像他平常说话那样有些粗暴，反而非常温柔，这让高竹觉得自己是不是错过了什么重要的事，开始不安起来。

房木再次把牛皮纸信封递到高竹面前。

高竹迟疑地用颤抖的手接过信封，她仍旧不明白房木的用意。

"咖啡要冷了。"房木很清楚规则，他催促高竹在咖啡变冷之前将它喝完，脸上始终挂着温柔的笑容。

高竹微微点头，一言不发地伸手拿起咖啡杯。

房木看见高竹拿起杯子,便转过身去。

属于他们夫妻的时间就要结束了,大颗的泪珠从高竹眼中滑落。

"老公。"高竹不由得对着房木的背影叫道,房木并没有转过身来,但是他的肩膀微微颤动了。

高竹看着房木的背影,一口气喝完了咖啡。并不是因为咖啡已经开始变冷,而是因为房木不肯转身是为了让高竹平安回去的温柔之举。是的,房木一直都非常温柔。

"老公。"高竹的身体笼罩着摇摇晃晃的感觉,她把咖啡杯"咔嚓"一声放回杯碟上,同时看见自己放开杯子的手变成了热气。

就要回到现实世界了,短暂的相遇时间结束了。

可能是听见了咖啡杯放下的声音,房木突然转过身来。

高竹不知道自己在房木眼中看起来是什么样子,但她看见房木盯着自己。

高竹在渐渐模糊的意识中,看见房木的嘴唇微微地动了,如果没看错的话,他的嘴型是在说"谢谢"。

高竹的意识渐渐模糊,时间从过去回到了现在,她无法抑止不断流下的泪水。

高竹回过神来时,数和计两人都在高竹面前。她回来了,回到房木已经完全忘记了她的现实中。

计有些不安和担心地问:"信呢?"可能是看到高竹的表情,计问的不是"情书"。

高竹垂眼看着牛皮纸信封,这是过去的房木交给她的信。她慢慢从信封中抽出信,蚯蚓般的字迹很眼熟,这是房木的字。

高竹的视线顺着字迹上下移动,用右手掩住嘴,忍着呜咽,却止不住地流泪。

见此情景,站在旁边的数开始担心起来,她叫道:"高竹小姐?"高竹慢慢地开始放声哭泣。

数和计都不知该如何是好,只能看着高竹。过了一会儿,高竹将看过的信递给数。

数不知道该不该接过信阅读,她看向吧台后的计,计认真地微微点头。

数垂下视线看了一眼还在哭泣的高竹,开始念信上的内容:

……你既然是护士,那可能已经知道,我得了会忘记很多事情的病……

所以,要是我慢慢地失去记忆的话,

不管我说了什么、做了什么，

就算我把你忘记了，

你也一定会照顾我，一定会压抑自己的心情来配合我。

但是我希望你记得这件事——我们是夫妻。

要是夫妻做不成了，那就分手。

你不需要照顾我，

要是不想要我这个丈夫，就离开吧。

只做一个妻子能做到的事就好。

因为我们是夫妻。

就算失去了记忆，我还是想跟你做夫妻。

可是如果你只是因为同情而跟我在一起，那我绝对不要。

……我没办法当面对你说这些话，所以写了信。

数念完信的瞬间，高竹跟计都抬头看着天花板，大声地哭了出来。

高竹明白房木为什么要把这封信给来自未来的自己——房木不仅知道高竹察觉到他生病了，同时也知道高竹察觉后会采取什么行动，而且从未来回来的高竹也正如房木意料之中那样，以护士的身份在照顾房木。

害怕某天记忆会全部消失，在不安和恐惧中，房木希望高竹能继续当他的妻子，他心里一直想着高竹，就算失去了记忆也一样会想着高竹。

这么看来，房木总是在看旅游杂志，摊开笔记本做笔记的行为也就可以理解了。

高竹曾经看过房木的笔记，在笔记里房木把为了观赏庭园而去过的地点都圈了起来，高竹原以为这只是房木喜欢园丁工作的痕迹，但是并非如此，房木圈起来的地点，都是跟高竹一起去过的地方，只是高竹当时没有注意到而已。

那份笔记是把高竹忘记了的房木最后的挣扎。

当然，高竹以护士的身份照顾他并没有任何不对，她相信这样是最好的方式。

房木也不是要责备高竹才写这封信的。就算高竹说的"治好了"是谎言，房木也一定"愿意相信"，不然最后房木就不会说"谢谢"了。

高竹哭过一场之后，连衣裙女子从洗手间回来了，她站在高竹面前，以低沉的声音说道："走开。"

"好。"高竹慌忙站起来，把位子让给连衣裙女子。连衣裙女子回来的时机，刚好能让高竹转换心情。

高竹红着眼睛看着数和计，然后晃动着那封信。

"就这样。"她露出笑容。

计一边流着泪,一边"嗯、嗯"地点头。

"我到底在做什么啊?"高竹看着信纸喃喃道。

"高竹小姐。"计不安地看着高竹。

"我要回去了。"高竹把手中的信纸折起来,放回信封里,她的声音非常坚定。

数微微点头,计的脸又皱成了一团。

高竹看着哭得比自己还伤心的计,心想:"她这样不会脱水吗?"而后又不禁觉得有点好笑。

高竹呼地吐出一大口气,脸上已经看不到迷惘了。她从放在吧台上的皮包里拿出钱包,找出三百八十日元零钱。

"谢谢。"说着高竹把钱交给数。数平静地回她一笑,高竹微微点头,朝咖啡店的门口走去。

高竹的脚步很轻快,她想快点见到房木。

高竹即将走出门口,就在数和计看不到她的身影之后,高竹"啊"地大叫一声,转过身来。

数和计面面相觑。

"明天开始,就不可以叫我的旧姓了。"高竹带着孩子般纯真的笑容说道。

因为房木开始叫她"高竹小姐",她不希望房木感到混乱,所以才让计和数也叫她"高竹小姐",但现在已经不用顾虑了。

"好。"计的脸上终于露出笑容,她睁大了眼睛精神饱满地回答。

"跟大家也说一下。"高竹说完,没有等她们回答,就挥着右手离开了。

数仿佛自言自语地说:"知道了。"接着拿着高竹给的咖啡钱走向收银台。

计收拾了高竹喝过的咖啡杯,回到厨房,打算替连衣裙女子续杯。

收款机"咔嚓咔嚓"的声音在凉爽的店内响着,天花板上的吊扇一如既往没有声音地旋转着。

计替连衣裙女子续上了一杯新咖啡,轻声说道:"今年夏天也承蒙您照顾了。"

连衣裙女子没有回话,只是静静地读着小说。

计微笑了起来。

真正的夏天就要开始了。

Chapter Three

血痕与救赎

离家出走的不是姐姐，
是困在童年镜像里拒绝长大的另一个自己。

一位少女拘谨地坐在那个能够回到过去的位子上。

她穿着米色的高领上衣，格子迷你裙，黑色长袜，茶褐色的靴子，椅背上还挂着红色的呢子外套。如果只看她的穿着还以为是大人呢，但她的表情依旧是个孩子。漂亮的黑发剪成下颌长度的妹妹头，发尾往内卷，没有化妆，五官端正，睫毛很长，眼睛水灵灵的，像高中生。

从她的穿着一眼就能看出她是从未来回来的，因为现在是八月初。

此时，咖啡店里只有吧台后穿着厨师服装、身材高大、眼睛细长的男人，这家咖啡店的老板时田流。因为店里没有其他客人，流也没事做，只将双臂交叉抱在胸前站在那里。

虽然不知道少女是来见谁的，但可以确定的是她不是来见流的，因为她看流的眼神没有任何感伤，甚至完全无视流的存在。

少女和流两人始终一言不发。

少女不时地看着落地钟,好像有点担心时间,除此之外,没有别的动作。

此时,厨房里的烤面包机发出"叮"的一声,流慢慢地走进厨房,在准备着些什么。

少女毫不在意地喝了一口咖啡,"嗯"地点了一下头,咖啡应该还是温的,她的表情比较从容。

流从厨房里出来,手上端着的托盘里有吐司、黄油、沙拉、水果酸奶。这个黄油是流自制的,非常美味,以至于平井八绘子会特地来买黄油带回家。

流端着托盘,站在少女面前,低头看着她。

"你是来见谁的?"流开口直接问道。

少女抬头看着流。

"怎么了?"流又问道,但没有其他特别的反应。

"没什么。"少女回道,又喝了一口咖啡,完全不理会站在面前的流。

流把头微微歪向一边,小心地把托盘放在桌上,默默地回到吧台后面,继续双手抱胸。

流的行为让少女有些疑惑,"那个……"她对流说。

"什么?"

"我没点这些。"少女的口气有点不高兴,她指着眼前的托盘对流说。

"免费赠送的。"面对少女微微的抗议,流得意地回答。

少女盯着眼前的食物。流放下双臂,把两手撑在吧台上,探出上身。

"像你这样的女孩子,特意从未来跑来,什么都不招待就让你回去,不是有点过分了吗?"

流以为少女会道谢,但她只盯着流的面孔,连笑也没笑一下。少女的气势压倒了流。

"有问题吗?"流尴尬地问道。

"没事,那我就开动了。"

"真,真是坦率的孩子。"

"反正也没有什么好怀疑的。"

少女熟练地把黄油涂在吐司上,而后慢慢地吃了起来。

流等待着少女的反应,当然是等她对他引以为豪的黄油发出赞叹。

但是少女完全没有任何流期待的反应,她的表情没有任何变化,她把吐司吃完之后,接着吃完了沙拉和水果酸奶。最后少女只双手合十说了声"谢谢招待",除此之外,始终一言不发。

流垂头丧气，十分失落。

数回来了。她把一大串钥匙递给吧台后面的流。

"我回来……"数说到一半，看见少女坐在那个位子上。

"哦。"流接过钥匙，他并没有说"你回来啦"。

数越过吧台抓住流的手臂，压低声音问道："那是谁？"

"谁知道？"流不高兴地回答。

通常数对那个位子上坐着什么人并不会特别关心，因为一般都是为了见某个人而从未来过来的，当然他们也不会干涉。但像今天这么可爱的客人还是第一次遇见，她不由得观察着少女。

少女察觉到数的视线。

"你好。"少女开口，脸上还带着流没见过的笑容，这让流的左眉微微抽动了一下。

"你来见什么人吗？"

"啊，嗯。"少女坦率地回答了数的问题。听到她们的对话，流噘起了嘴，刚才他也问过同样的问题，但少女并没有回答他，所以觉得有点不爽。

"但是没人在啊。"流不服气地转过脸喃喃说道。

究竟是来见谁的呢？数用食指敲着下颌想着。

"难道是……"数敲着下颌的食指直接指向流，因为店里除了数，就只有流了。

流也用手指着自己："我吗？"

流说着双手抱胸，大声地"嗯"了一声，大概是在回想少女出现后的情形。

少女大约是十分钟前出现在那个位子上的，今天计说要去医院做定期健康检查，拜托数陪她去。平常都是流陪同，只有今天不一样，因为今天是去检查妇科，而男士不能进入。

所以今天店里只有流一个人当班。

（是看准了只有我在的时间吗？）流的心跳突然加速。

（原来如此，刚才的态度是因为害羞吗？）流搓着下巴，点点头表示同意，然后从吧台后出来，坐在少女对面的位子上。

少女毫无反应，默默地看着流，但是流已经不是刚才的心情了。

（这种冷漠的视线应该是为了掩饰害羞吧，她太可爱了。)流愉快地微笑起来,带着从容的表情,对把手肘支在桌面上的少女说道:"难道你是来见我的吗?"

"不是。"

"见我的吧。"

"不是。"

"是见我吧。"

"不是。"

完全无懈可击的防御。

"彻底否认。"数听了之后,下了结论。

流低下头喃喃道:"不是来见我的呀。"于是失落地走回吧台后面。

少女突然觉得流沮丧的样子很好笑,于是笑了起来。

当门口的铃铛再次响起的时候,少女急忙看向正中央的落地钟。这家店里的落地钟只有中间那个的时间是准确的,另外两个一个慢一些,另一个快一些。

少女紧盯着门口。

过了一会儿，计一边说着"数，谢啦"，一边走了进来。她穿着浅蓝色的连衣裙和细带凉鞋，用大草帽当扇子扇着风。

计跟数一起出的门，但回来的时候她去了一趟附近的便利店，手上提着小塑料袋。计是个开朗、有魅力又不怕生的人，即使面对不会说日语的外国人也毫不羞涩。

计也注意到坐在那个位子上的少女。"欢迎光临。"她微笑着说道，笑容比平时更加灿烂，声调也稍微高了一些。

少女稍微直起身子，抬起头，然后微微点头。计回她一笑后就走向后面的房间。

"结果怎样？"流叫住计问道，因为他没有陪计去检查，所以他要问检查的结果。

计用手拍拍仍旧平坦的腹部，非常愉快地比了一个V形手势。

"这样啊。"流说着眯起本来就小的眼睛，点了点头。

计满意地看着流，她很清楚，即使是值得高兴的事，流也没办法坦然表现出高兴的样子。

少女微笑着用水灵灵的眼睛看着眼前的这一幕。

计好像完全没注意到少女的视线，继续往后面的房间走去。

"不好意思。"突然,少女大声地对计喊道。

"什么?"被叫住的计反射性地回答,身体转向少女。

少女凝视着计,然后低下头,不好意思地欲言又止。

"怎么了?"计问她。

少女仿佛下定决心般抬起头,表情可爱又纯真,跟刚才对流的那种冷淡态度完全不一样。

"那,那个……"

"什么?"

"可以一起照相吗?"

少女的话让计倍感惊喜:"跟我?"

"对。"少女毫不犹豫地回答。

"跟她?"流立刻指着计,又问了一次。

"对。"少女开心地回答。

"难道你是来见我大嫂的吗?"

"对。"数的疑问少女也立刻回答了。

计虽然不认识少女,但她向来不怕生,对任何事情也没有警戒心,因此少女是什么人,为什么要跟她合照,她完全不介意。

"真的吗?那我补个妆吧?"计立刻回答,说时迟,那时快,她从肩上的包包里拿出粉饼盒开始补妆。

但是，少女立刻打断了她："啊，没有时间了。"

"这样啊。"计很清楚规则，她"啪嗒"一声合上粉饼盒。

平时想照相的人会靠向想合照的对象，但现在的情况是少女无法离开那个座位，因此计把手上的塑料袋和草帽递给数，站到少女旁边。

"相机呢？"数问。

少女把放在桌上的相机递给数。

"这是什么？相机？"计看见少女递给数的相机，惊喜地叫起来。因为那台相机跟名片差不多大小，不仅薄而且是透明的，看起来就像是普通的塑胶片。

"这么薄！"计非常开心，她从数手中接过透明相机，反复观看。

"不好意思，没有时间了。"少女冷静地制止如孩子般欢快的计。

"对，对，对。"计耸耸肩，再度站在少女旁边。

"那我要照了。"数说道。

"好。"

数用相机对着两人，显然这个相机的操作很简单，只要按下画面上显示的按钮即可。

"等一下。"计想整理一下发型，用手捋着刘海的时候，数就按下了快门，并把相机还给了少女。

数跟少女都非常利落，只有计一个人脑袋里充满问号，困惑不已："已经照好了吗？"

"谢谢各位。"少女说着把剩下的咖啡一口气喝完。

"等一下……"计要阻止已经来不及了，少女变成了热气，热气往天花板上升，而热气下方出现了连衣裙女子，乍看之下，就像魔术变身一样。

在场的三个人已经司空见惯，并没有特别惊讶，如果是不知情的客人看见了，应该会非常震惊。在这种情况下，计他们都会说"这是魔术，骗人的"。如果有人问是怎么办到的，计他们也不能回答。

热气下方出现的连衣裙女子一如往常阅读着小说，她看见眼前的托盘，用右手把盘子往前推了推，意思是快收走。

计拿起托盘，流从计手里将托盘接过来，歪着头走进了厨房。

"那是谁啊？"计喃喃说道，她拿过刚才交给数的塑料袋和草帽，消失在后面的房间里。

数看着连衣裙女子坐着的位子，露出疑惑的表情。

到目前为止，还没有从未来回到过去见流、计或数的客人，因为他们随时都在，用不着特地回到过去见面。

虽然如此，但那个少女还是来见计了。

数绝对不会问是什么人为了什么理由从未来回到过去，即使从未来回到过去的客人做了想改变现实的事情，最终也是白费工夫。因为有一条"回到过去之后，无论如何努力也改变不了现实"的规则。

"这个，拜托了。"流的声音从厨房传来，数转过身，流把替连衣裙女子准备的咖啡托盘递了出来。数接过托盘，走向连衣裙女子的桌位。

数看着连衣裙女子好一会儿，心里在想，那个少女到底是来做什么的呢？要跟大嫂照相的话，不用特地回到过去吧。

"欢迎光临。"流的声音让数回过神来，她把咖啡放在连衣裙女子面前。

感觉自己好像错过了什么非常重要的事，数微微摇头，像要甩掉这种感觉一样。

"大家好。"进来的是高竹,她刚下班,穿着浅黄绿色的短袖、白色的裙子和黑色的平底鞋,她放下肩上的包。

"高竹小姐。"流开口叫她,高竹立刻转过身来。

"对不起……"流慌张地更正,"房木先生的太太。"

高竹微微一笑,在吧台的位子上坐下。

三天前,高竹回到过去,收下了房木想给她的信。从那天开始,高竹就请大家不要再用旧姓称呼她。现在高竹喜欢"房木先生的太太"这种叫法。

高竹把包放在旁边的椅子上。

"咖啡。"高竹微微低下头,小声地说道。

"知道了。"流低声回答,转过身准备泡咖啡。

高竹环视店内,并没有其他客人,她耸耸肩膀,叹了一口气。她原本想的是,如果房木在的话,就可以一起回去,真可惜。

数微笑着看了看他们,替连衣裙女子上了咖啡。

"那我去休息了。"数说道,随后走进后面的房间。

"好好休息。"流没有回话,反而是高竹挥着手说。

虽是盛夏的八月,高竹喝的依旧是热咖啡,她喜欢刚泡好的咖啡的香味,冰咖啡没有味道,但热咖啡就可以慢慢细品。高竹的咖啡每次都是流亲自冲泡的。

流平时用虹吸式咖啡壶煮咖啡。虹吸式是将热水倒进玻璃壶中，用酒精灯加热，沸腾的水上升到漏斗里，再浸泡漏斗中研磨好的咖啡粉以萃取咖啡。

如果是高竹这样喜欢品味咖啡味道和香气的常客，流就会改用手冲式。手冲式是在漏斗里放上滤纸，再倒入研磨好的咖啡粉，从上方倒下热水的萃取法。流在手冲咖啡的时候，会考虑水的温度和注入的方式等，以调整咖啡的苦味和涩味。

在没有背景音乐的安静的店内，可以听到咖啡从漏斗中慢慢滴下时微弱的滴答声。高竹侧耳倾听那个声音，满足地微笑起来，这段时间是非常令人愉快的。

计用的是自动咖啡机，从磨咖啡豆到味道的调整都是一个按钮搞定，计不在意泡咖啡的方法，她只会使用这种咖啡机。因此，对咖啡有一定要求的常客，要是流不在，他们可能就不点咖啡了。因为不管是流泡的还是计泡的，咖啡的价钱都是一样的，但是两人冲泡出的味道却大相径庭。

数常用的也是虹吸式咖啡壶，并没有特别的理由，她只是喜欢看玻璃瓶里的热水上升到漏斗而已。对于数来说，手冲式简直是自找麻烦。

流端上一杯他冲泡的咖啡，高竹闭上眼睛，深吸一口面前咖啡的香气，这真是最幸福的一瞬。

因为流的坚持，店里的咖啡基本都是摩卡。摩卡的香味独特，跟高竹一样喜欢咖啡香气的人会非常喜欢；但摩卡的酸味比较强。可以说摩卡是会挑选客人的咖啡，喜欢它的就会非常喜欢，不喜欢它的就会非常不喜欢。

跟黄油一样，流看见会欣赏摩卡香气的客人就觉得很高兴，本来就小的眼睛此刻更是细得像一条线了。

"这么说来……"闻着香气的高竹好像突然想起什么似的说道，"昨天和今天，平井小姐都没开店呢，你们听说了什么吗？"

平井在离这家咖啡店不到十米的地方，经营着一家小酒馆。酒馆里只有六个吧台座位，但生意非常好。开店时间不固定，主要看平井的心情，基本没有休假日，自从开店以来，从来没有不营业的日子。太阳一下山，就有常客在门口排队，有时酒馆里的客人会超过十位，除了六位有座之外，其他人都站着喝酒。

来酒馆的客人不只有男性，平井也很受女性欢迎。有时候平井坦诚直接的话会刺到客人的痛处，但她没有恶意，客人也会觉得很痛快。平井性格开朗，平时会把自己打扮得非常花哨，非常引人注目。她也非常有主见，只要她觉得是正确的，无论什么意见她都会倾听；要是她觉得不对，就算对方的社会地位崇高，她也绝对不会附和。酒馆的客人中有花钱如流水者，但除了酒钱之外，她不会多拿一分钱；有人送礼物讨好她，她也从来没有收过；还有人送房子、豪车、珠宝等给她，但平井只说"我没兴趣"，完全不屑一顾。

高竹偶尔也去平井的小酒馆，她觉得那是一间适合开心小酌的好地方。

然而，常客们每天都期待前往的平井的小酒馆，这两天都没有开门，没人知道原因，难怪高竹会有些担心。

说起平井，流的脸色一变。

"怎么了？"高竹略微吃惊地问。

"她妹妹，出了车祸。"流慢慢地开口说道。

"啊？"

"所以，她回老家了。"

"这样啊。"

高竹的视线落在犹如漆黑深渊的咖啡表面上。她也认识平井的妹妹平井久美，久美总是会来找离家出走的平井，希望能说服她回老家。这两年平井嫌烦，常常躲着不见面，但高竹听说久美还是会每个月来东京找平井。

久美三天前才刚来过这家咖啡店，而车祸是在回家路上发生的。久美开的小车被疲劳驾驶的大卡车迎面撞击，她被救护车送去医院，却在到医院之前死亡了。

"那真是太难受了。"

高竹的咖啡一点儿都没有减少，微微冒出的热气现在已经看不到了。流低着头，双手撑着吧台，倾身向前。

接到平井短信的是流，计没有手机。短信中说明了车祸的经过，以及她因此要暂时关店，内容十分简洁。计担心平井，拿起流的手机给平井回了短信，但到现在还没有收到平井回复。

平井的老家位于宫城县仙台市青叶区，她家开了一间至今一百八十年的老旅馆，名叫"TAKAKURA"，汉字写作"宝藏"。

说到仙台，每年都会举行知名的豪华七夕祭典。仙台的竹枝装饰很有特色，是在超过十米的竹子上挂着五套垂着流苏的纸彩球。此外，还会加上祈愿纸条、木片、纸衣、纸鹤等祈求生意兴隆、无病无灾的小装饰。

仙台的七夕祭典跟星期几无关，每年从八月六日开始举行共八天。再过几天，以仙台车站为中心的各家商店都会开始准备竹枝装饰。这是每年夏天在三天内就能有高达二百多万人次观光的一大盛事。

当然，从举行七夕祭典的仙台车站，搭乘出租车，只需要十分钟便能抵达"宝藏"旅馆。

"欢迎光临。"流一反常态地大声招呼，也该是打破这沉重气氛的时候了。

听见铃铛的声音，高竹也直起腰，终于拿起咖啡杯，咖啡的热气早已消散。

"欢迎光临。"计在后面的房间里听到铃铛的声音，穿着围裙走出来。

但并没有人出现，流正歪着头看时，听到了熟悉的声音。

"老板，阿计，有人在吗？谁拿点儿盐来，拿盐来。"

"平井小姐？"

通常葬礼结束后，不会这么快就回来的。

计睁大了眼睛看着流，流因为和高竹谈到平井而有些伤感，但平井跟往常一样，根本看不出悲伤的情绪，流一时间没有反应过来。

平井的意思是要洒盐驱邪，她的声音就像正在厨房准备晚餐的妈妈在叫人一样爽朗。

"快点。"

"啊，好，好。"流终于有了动静，他从厨房里拿起小盐罐，小跑到门口。

"啊，累死了。"平井迈着散漫的步伐走进了店里，她走路一向如此。但她今天并没有做大红或粉红的鲜艳打扮，头上也没缠着乱七八糟的发卷，而是穿着丧服，发型梳得好好的，和之前看起来判若两人。

"对不起，可以给我一杯水吗？"穿着丧服的平井在中间的桌位坐下，举起右手对计说。

"啊，好。"计根本不必慌张，却匆忙走进厨房去倒水。

平井坐在椅子上伸出双手双脚，瘫成大字形，挂在右手上的黑色皮包摇晃着。

流手里还拿着小盐罐，高竹则从吧台的位子上静静地看着平井，而计端着水杯走了出来。

"谢谢。"平井把皮包放在桌上,立刻接过杯子,一口气把水喝光。计看着她喝水的样子,不由得也抬起下巴。

平井呼地吐出一口气:"再来一杯。"

平井把空杯子递给计,计接过杯子后,又立刻走回厨房。

"平井小姐。"流看着她。

"什么?"

"嗯……"

"嗯?"

"不是,怎么说呢,那个,请您节哀顺变。"

平井若无其事的样子,让流几乎说不出慰问的话。

高竹也迟疑地低下头。

"我妹妹的事吗?"

"嗯,是的。"

"怎么说呢,真是太突然了。"平井耸着肩膀说。

这时计端着第二杯水走回来,平井的样子虽然让她困惑,但她还是把杯子递了过去,也低下了头说道:"不好意思。"

平井把第二杯水也一口气喝完,她坦然地说:"刚好撞到了要害,她运气不好啊。"

"是今天吗?"看着平井那若无其事的样子,高竹皱起眉头询问。

"什么？"

"当然是葬礼啊。"高竹的言辞表露出对平井态度的不悦。

"是啊，看我穿成这样。"穿着丧服的平井站起来转了一圈，摆出广告上模特儿的姿势说道，"没想到很适合我吧？是不是看起来稳重多了？"

去世的是平井的妹妹，若这个事实无误的话，在这种状况下，平井的态度实在是太不合时宜了。

"你也不必这么快就回来的。"高竹更加不悦，语气强硬地说。"你这样，去世的妹妹岂不是也无法安心吗？"她其实是想这么说的，但还是把话咽回了肚子里。

"这么说也太……我还得开店啊。"平井不再装腔作势，颓然坐下，摇着手回答。她似乎明白高竹想说什么。

"但是……"

"没关系，没关系。"平井伸手从黑皮包里拿出一根香烟。

"没事吗？"流的手里还捧着小盐罐问道。

"什么没事？"平井爱答不理地说。她叼着烟，看着皮包里面，大概没看见打火机，她沉着脸翻找起来。

流从口袋里掏出打火机递给平井，"令妹突然去世，令尊令堂他们一定很难过,你是不是多陪陪他们比较好?"

平井接过流的打火机,点上烟:"一般情况下,是这样没错。"她吐出一口烟,把烟灰弹在烟灰缸里。香烟的烟雾袅袅上升,随后慢慢消散,平井看着烟雾的方向。

"没有容身之处。"平井面无表情地喃喃说道。

流和高竹一时之间无法理解平井在说什么。

平井看着他们俩,补充说道:"没有我的容身之处。"她又吐出一口烟。

"没有容身之处?"计担心地看着平井反问。

"久美那天来找我,回去的时候发生了车祸,所以我爸妈认为这都是我的错。"平井用闲聊般的口气轻松地说道。

计想说"怎么会有这种事",但平井吐出一口烟打断了她。

"是真的。"平井平静地说。

"久美为了找我回去,一次又一次到这里来,然后我把她赶回去……"三天前,帮平井躲着久美并且赶她回去的计,带着愧疚低下头。平井毫不在意地继续说:"现在,我爸妈连话都不肯跟我说呢。"

"一个字都不说。"平井脸上的笑容消失了。

通知久美死讯的是在平井家旅馆工作多年的女领班。这几年来,平井没有接过从老家打来的电话,甚至连旅馆工作人员的电话也不接。

但是可能是有某种预感吧,两天前响起的电话显示是旅馆女领班的号码,平井一看见就感到心中一阵不安,立刻接了起来。

女领班边哭边说,而平井只回了一句:"这样啊。"挂断电话后,她立刻拿起钱包坐上出租车回老家了。

平井搭乘的出租车司机自称以前是演艺人员,路上司机一直说着笑话,而且这些笑话确实都很有趣,平井听得捧腹大笑,甚至笑出了眼泪。

就这样,平井搭乘出租车回到了出生成长的老家——"宝藏"旅馆。

一大早从东京出发花了五小时,车费超过十五万日元,平井用现金支付,司机说:"零头不用了。"随后愉快地把车开走了。

下了出租车,平井才注意到自己还穿着拖鞋,塑料发卷筒也还在头上。

接近正午的太阳炽热地照在穿着薄上衣的平井身上，大颗的汗珠不断落下，但她没有手帕。

平井走上从旅馆通往老屋的碎石路。老屋就在"宝藏"旅馆的后方，自开业以来，从来没有改建过的纯日本式老屋。

越过传统的屋门，就可以看见主屋的玄关。虽然已经阔别十三年，但一切都没有改变，时间就像停止了一样。

伸手拉门，门没有上锁，打开后踏上地板，虽时值正午，屋里却很暗，而且凉得令人打战。从玄关沿着走廊往前走，安静的走廊上只有嘎吱嘎吱的脚步声。

平井家的佛堂就在客厅后面，她看向佛堂，发现父亲保生坐在走廊上看着庭院。

久美静静地躺在平井眼前，她的白色浴衣上，盖着历代"宝藏"旅馆老板娘的浅粉红和服外袍。父亲之前应该在久美边上，原本盖在久美脸上的白布被父亲攥在手里，母亲路子则不见踪影。

平井坐了下来，凝视着久美的脸，她的面容非常安详，就像能听到她的呼吸声一样。平井温柔地抚摸久美的面孔，心里默默地说："太好了。"车祸有时会导致人的脸部严重损伤，让人只好像木乃伊一样包着白色的绷带入棺。平井之前听说久美被卡车正面冲撞，现在看到她漂亮的面孔，打心底觉得太好了。

父亲仍旧看着庭院。

"爸爸。"对着保生的背影,平井艰难地叫出口。这还是她离家十三年以来,第一次跟爸爸说话。

但是保生仍旧背对着平井,没有任何回应,她只听见微微抽泣的声音。

平井看着久美的脸,然后慢慢起身,静静地离开了房间。

街上到处都忙着准备七夕祭典,热闹非凡。平井头上戴着塑料发卷筒,穿着短上衣和拖鞋,就这样一直在街上走到天黑。途中,她在商店买了丧服,然后去旅馆订了一间房。

葬礼当天,平井看见了在哭得肝肠寸断的父亲旁边,强打精神应对的母亲路子,平井并没有坐在亲属席,而是混杂在前来吊唁的客人当中。她一度与母亲路子视线相交,却没有交谈。

葬礼顺利进行,平井也上前上香,但没有跟任何人打招呼,就这样离开了。

长长的烟灰无声地落下。

"就这样,结束。"说着,平井把烟捻灭。

流低着头,高竹拿着杯子一动也不动,计则担心地一直看着平井。

平井轮流看看他们三人的面孔,叹了一口气,很厌烦似的说道:"我啊,最不会应付这种沉重的气氛了。"

"平井小姐。"

计好像想说什么,平井举手制止。

"大家不要用这种脸色看着我并问我'还好吗'。"平井再度强调,但计好像仍然有话想说。

"我虽然这样,其实也很难过的……但是,难过未必要全身都表现出来吧?"平井说道,她的语气仿佛在安慰哭泣的小孩一般。

的确,平井很酷。如果计处于平井的位置,可能会哭个三天三夜也不一定;若是高竹的话,估计会悼念故人服丧,谨言慎行好一段时间吧。但平井既不是计,也不是高竹。

"我有我伤心的方式。"平井站起来,拿起皮包说,"那就这样了。"说完,她便想从流旁边走过。

"那你为什么到这里来?"流像是自言自语般地问道。平井在入口处停下脚步。

"为什么不立刻回家,而到这里来?"流背对着平井继续步步逼问。

"被你看透了啊。"平井沉默了一会儿,叹着气说。接着她转过身,朝刚刚坐过的位子走去。

流没有看平井,只盯着手上的小盐罐。平井回到桌前坐下。

"平井小姐。"计说着,手里拿着一封信走过来。

"这是……"

计把那封信递到平井面前。

"你没有丢掉?"平井记得这封信,要是没搞错的话,这就是三天前久美在这家咖啡店写给平井的信。平井没有看信,就叫计把信丢了。

平井用发抖的手慢慢接过信。这是久美的最后一封信。

"完全没想到会在这种情况下交给你。"计遗憾地低下头。

"没事,谢谢!"平井回道。接着她从没有封口的信封里,拿出折了两折的便笺。内容正如她所料想的,跟以往一样千篇一律,烦得要命听腻了的词句,可她却流下了一行清泪。

"连她最后一面都没见到,事情就变成这样。"平井抽泣着说道。

"只有她,从没有放弃,一次又一次来找我回去。"

久美第一次到东京来找平井时,平井二十四岁,久美十八岁。但那时候平井还觉得久美是"可爱的妹妹",瞒着双亲不时跟她联络。

久美是个脚踏实地、个性直率的女孩。她还是高中生时,只要不上学的日子就会在旅馆帮忙。平井离家后,她更是一人背负双亲的期许,在二十岁之前就已经当上小老板娘,成为"宝藏"旅馆的管理者。久美试图说服平井回家,就是从那时候开始的。

身为小老板娘的久美非常忙碌,但她还是在难得的、两个月一次的休假日,一定会来东京找平井,当初可爱的妹妹说的话,平井都一一听了。

但最近一两年,她们几乎不见面,平井总是逃避久美,因为不知何时开始,平井觉得这一切让她很心烦。最后在这家咖啡店,她躲起来不见久美,甚至连久美的信也不看便直接叫人丢掉。

平井把计给她的信放进信封里。

"我知道,不管做什么,现实都不会改变……我很清楚。"

"那天,让我回到那天。拜托!"平井露出前所未有的认真表情,深深低下头。

流把小眼睛眯得更细了,他凝视着低头的平井。

平井说的"那一天",是久美到这家咖啡店来的"那一天"、车祸发生之前的"那一天"。当然流也很清楚,平井想回去见死去的妹妹。

计和高竹都屏息等待流的回答,店里静得吓人,只有连衣裙女子若无其事地继续读着小说。

流把小盐罐放在吧台上,然后他默默地走进后面的房间。

平井抬起头,深深地吸了一口气。流在房间里面叫数的声音隐约可闻。

"但是……"

"我明白。"平井打断高竹想说的话,她并不想听,径直走到连衣裙女子面前:"事情就是这样,你让我坐一下,好吗?"

"平、平井小姐。"计惊慌地说。

"拜托了!"平井不理会计,双手合十,好像拜菩萨一样哀求连衣裙女子,虽然样子看起来有点蠢,但平井是认真的。

"……"

然而,连衣裙女子动也不动。

"喂,你听见了吗?不要不理我,位子借我坐一下,不行吗?"

平井不悦地说道,同时朝连衣裙女子的肩膀伸出手。

"等,等等,不行的!"

"拜托啦!"

平井不听计的制止,抓住连衣裙女子的手腕,想强迫她离开座位。

"平井小姐!"计叫出声来。在那一瞬间,连衣裙女子突然睁大了眼睛,瞪着平井。平井觉得自己的身体好像瞬间沉重了好几倍,简直像地球的重力突然增加了一样。店里的照明犹如风中残烛般摇曳,不知从哪传来的亡灵呻吟似的阴沉声响笼罩了店内。

平井无法动弹,当场双膝跪地:"这是怎么回事?"

"我不是说了吗……"计叹了一口气,她无可奈何地说道。

平井虽然很清楚规则,但完全不知道有诅咒这回事。想回到过去的客人,大多听到麻烦的规则就打了退堂鼓。

"鬼!恶魔!"平井大叫。

"不是,只是幽灵而已。"计冷静地说。平井趴在地上,不断咒骂连衣裙女子,其实骂她根本是白费力气。

"啊!"数从后面的房间出来,看见眼前的状况立刻走进厨房,端着玻璃咖啡壶再度出来,站在连衣裙女子旁边问:"咖啡要续杯吗?"

"麻烦你了。"连衣裙女子一说话,诅咒就解开了。

其实,能解开诅咒的不是计也不是流,只有数才办得到。

平井摆脱了诅咒,恢复正常,呼呼地喘着大气,瘫坐在地板上哭喊起来:"阿数……这个人,你跟她说说吧。"

"我明白了。"

"有什么办法吗?"

数看着自己手上的咖啡壶,想了一会儿。

"不知道行不行得通。"

"随便什么都可以,试试看,拜托了!"平井像抓住了救命稻草般,她双手合十恳求说。

"我试试看。"数说着走近连衣裙女子。

平井在计的搀扶下站了起来,看着数的一举一动。

"咖啡要续杯吗?"数再度问道,但是杯子里刚刚才倒过咖啡。

平井跟高竹两人都歪着头,不明白数是什么意思。

"麻烦你了。"连衣裙女子若无其事地回应,并把刚刚才倒的咖啡一口气喝完。

数在空的咖啡杯里再度倒上咖啡。连衣裙女子没有特别的反应,仍旧继续看小说。

"咖啡要续杯吗?"数立刻对连衣裙女子再度问道。

可是,刚倒的那杯咖啡,连衣裙女子还一口没喝,杯子里的咖啡是满的。

"麻烦你了。"连衣裙女子仍旧若无其事地说道,然后把咖啡咕嘟咕嘟地喝完。

"难不成……"高竹明白了数的意图,脸色一变,因为这个作战方式必须要连衣裙女子一直续杯才能成立。

数继续进行这种鲁莽的做法。

"咖啡要续杯吗?"倒了满满一杯咖啡后,数又立刻问道。

数持续重复这么做,而连衣裙女子每次都说:"麻烦你了。"说完之后就会把咖啡喝完。但是,连衣裙女子的表情渐渐紧张起来,已经没法一口气喝完一杯咖啡了,她已经连续喝了七杯咖啡了。

"她看起来好像很难受啊,拒绝就好了,不是吗?"高竹喃喃道,同情起连衣裙女子来。

"不能拒绝的。"计在高竹耳边悄悄地说。

"为什么?"

"规则就是这样。"

原来不只想回到过去的人得遵守麻烦的规则,高竹惊讶地看着眼前事态的进展。

数在杯子里倒了第八杯快满出来的咖啡,连衣裙女子皱起了脸,但是数毫不留情。

"咖啡要不要续杯?"

数问要不要续第九杯时,连衣裙女子突然站起来。

"站起来了!"高竹兴奋地叫道。

"洗手间。"连衣裙女子低声喃喃道,怨恨地瞪了数一眼,急忙走向洗手间。

虽然手段有点强硬,但位子总算是空出来了。

"谢谢!"平井说道,脚步沉重地走到连衣裙女子离开的座位前。

平井的紧张感让店内的气氛都紧张起来,她慢慢地深呼吸,把身体滑进桌子和椅子之间。

平井坐在椅子上,慢慢闭上眼睛。

久美从小就是个跟屁虫妹妹，总是跟在平井后面姐姐长、姐姐短地叫个不停。

"宝藏"旅馆不分季节，全年都非常忙碌。父亲保生是老板，母亲路子是老板娘，路子生了久美之后，立刻就回到工作岗位上。六岁的平井负责照顾刚出生的久美，平井上小学时，都背着久美去学校，幸好学校的老师们都很照顾她们。上课时久美要是哭起来，平井就会离开教室去哄她、照顾她。

非常会照顾妹妹的能干姐姐，这句话用来形容小学生时期的平井再恰当不过了。不用父母操心，活泼开朗又懂事，大家都喜欢的平井深受父母期待，觉得她将来一定能成为出色的老板娘。

但平井的父母并不了解她的性格。她是个自由自在、不拘小节的人，也毫不在意别人的眼光。她可以背着久美去上学，自己能办到的事都不假他人，所以才完全不用父母操心。

正因为平井如此自由奔放，所以她拒绝走上父母期待的成为旅馆老板娘之路。她并不是讨厌爸妈或旅馆，只是想自由自在地生活而已。

平井十八岁时离家出走,当时久美十二岁。父母对平井爱之深责之切,她的出走让二老勃然大怒,几乎与她断绝了亲子关系。

然而,久美好像隐约感觉到平井想离开家里,因此她并没有痛哭流涕、手足无措。当久美看到平井留给她的信时,只喃喃地说:"真是太任性啦。"

回过神来时,数已经端着纯白咖啡杯和银色咖啡壶的托盘站在平井旁边,表情依旧冷漠:"规则呢?"

"我很清楚……"

第一,就算回到过去,也无法见到未曾来过这家咖啡店的人。

平井最后见到久美是在这家咖啡店里,虽然她躲了起来,不能算见到,但是久美确实来过这里。

第二,回到过去之后,无论如何努力也改变不了现实。

比如,即使回到过去阻止久美开车回家,因为有规则的存在,虽然会发生各种各样的事情,但久美死于车祸的现实仍然不会改变。对回到过去的平井来说,这是非常残酷的规则,她尽量不去想这一点。

第三,只有一个座位能回到过去,就是现在平井坐的这个位子。

第四，回到过去之后，无法离开座位自由行动。

第五，留在过去的时间，只能是从咖啡倒入杯中开始，到咖啡冷却为止。

时间非常短暂，但是无论多么短暂，能再跟久美见一面就好。平井用力点头，给自己打气。

"回去跟故人见面的人，常常会被感情左右，就算知道有时间限制，还是无法忍心告别……"数不理会平井，继续说道，"所以，用这个。"数把一根像小搅拌棒的东西放进咖啡杯里，那是调鸡尾酒时常用到的小工具，长度大约十厘米，乍看之下像汤匙。

"这是什么？"

"把这个放进杯子里，在咖啡冷却之前警铃会响。"

"响了的话……"

"我知道，我真的知道。"

数说到一半就被平井打断，平井自己也觉得在咖啡冷却之前这种说法非常不准确，正为此担心呢。比如平井觉得咖啡已经冷却了，但可能还有时间；又或者平井觉得咖啡还温热，但是非回来不可了。只要警铃响起就把咖啡喝完的话，事情就很简单了。这样平井唯一担心的事情也解决了。

久美一次又一次来找她，她竟然觉得厌烦，对久美态度很不好，还有让她被迫继承"宝藏"旅馆的事，平井只是想道歉。

平井离家，使得久美不得不继承旅馆。久美是温柔善良的孩子，她没法跟平井一样违背父母的期待。如果久美也有自己的梦想呢？

葬送了久美梦想的人正是离家的平井。这么想来，久美不断来劝她回家的理由也可想而知，只要平井回老家，久美就可以去实现自己的梦想。平井的自由是建立在久美的忍耐上，如果久美怨恨她也是情有可原。

事到如今，平井后悔也来不及了，所以她想道歉，就算现实不会改变，至少想对久美说声："对不起，请原谅姐姐这么任性。"

平井看着数的眼睛，坚决地点头。

数把咖啡杯放在平井面前，右手从托盘上慢慢拿起银色咖啡壶，低下头看向平井，这是仪式。不管谁坐在这个位子上都不会改变，数的表情都一样。

"那么，"她轻声说了一句，"在咖啡变冷之前……"她慢慢往咖啡杯里注入咖啡。

平井凝视着慢慢倒满的咖啡，焦急的心情让她觉得咖啡倒满的时间好长。因为咖啡从倒出来时就开始逐渐变冷了,她觉得浪费的这些时间都是可惜的。她想快点见到妹妹,跟妹妹道歉。

注满的咖啡热气袅袅上升,平井全身被摇曳晃动的感觉笼罩,身体跟上升的热气化为一体,她的身体慢慢上升。虽然以前从来没有过这种体验,但她一点也不害怕,她缓缓地闭上眼睛。

平井第一次到这家咖啡店来,是在自己开店三个月之后——七年前,那时平井二十四岁。

一个晚秋的星期日,平井在附近散步,不知不觉便走进了这家咖啡店,当时店里只有平井和穿着白色连衣裙的女子两人。

在这个围上围巾别人都不会觉得奇怪的季节,连衣裙女子却只穿着短袖,就算是在室内,这样的穿着也有点冷吧?平井这么想着,便在吧台的位子上坐下。

平井环顾店内,没看见像店员的人。她推开门进店时铃铛响了,也没听到"欢迎光临"。她喃喃道:"真是一家没有待客之道的店。"

虽然如此,平井并不讨厌这种店,这种不符合常规的做法反而很吸引她。到底是服务员刚好没听到铃铛响?还是这家咖啡店就是这样?她不禁充满了兴趣。再看那位连衣裙女人,她完全不理会平井,只默默地看小说,平井觉得自己好像是在店家休息的时候闯入了一般。

大约五分钟后,铃铛再次响起,一个中学生模样的女孩走了进来。那个女孩小声地对平井说"欢迎光临",然后自顾自地走进吧台后面的房间里。

平井不知怎地觉得很愉快,这家咖啡店并不刻意逢迎,自由自在,也不知道什么时候才有人出来接待客人。违背一般人的期待,正是这里的优点。

平井点起烟,悠闲地等待着。正当平井点起第二根烟的时候,从刚才女孩进去的那个房间里走出了一个女人。女人穿着米色针织开衫和白色长裙,围着酒红色的围裙,大眼睛骨碌碌地转着。一定是刚才那个女孩告诉她店里来客人了。

女人不慌不忙地倒了一杯水放在平井面前,然后说道:"欢迎光临。"态度像是对待常客一般随便。也许普通的客人可能会很不高兴,觉得"你总该先道歉吧",但是这种随意的态度博得了平井的好感。

女人也完全不觉得自己的待客之道有不妥之处,她纯真无邪地对着平井微笑。平井没有见过比自己更随心所欲、自由自在的女人,立刻对眼前这位女士产生了好感。这个女人就是计。

从那时起,平井每天都会光顾"缆车之行"咖啡店。而在这一年的冬天,平井知道了这里是"能回到过去的咖啡店"。

看着连衣裙女子,她向计问道:"那个人不冷吗?"计告诉了她连衣裙女子的真实身份,坐在那个位子上就可以回到过去。平井当时回答:"哦。"其实心里并不相信这件事,对于这件事,她觉得听听就算了。

半年后,这家店因为都市传说出了名,客人蜂拥而至。

然而,就算知道能回到过去,平井也从来没有想回去过,因为她的生活方式一直都跟后悔无缘,当然不会想回到过去。而且平井认为既然规则是不管如何努力都无法改变现实,那回去也没意义。

平井的这个想法直到久美车祸去世时为止也未改变。

在朦胧的意识中,平井听到有人在叫她的名字。

"平井小姐?"

听到叫她的声音,平井大吃一惊,睁开眼睛,朝着声音传来的方向看去,眼前是穿着酒红色围裙的计,而房木一如既往坐在离入口最近的桌位上摊开杂志写着什么,一切正如平井记忆中的那一天。

平井回来了,回到妹妹久美还活着的那一天。

平井感到心跳加速,她得平静下来才行。现在的她紧张得就像紧绷的线,勉强维持着镇定的状态,要是线断了,她一定会泪流满面,哭得一塌糊涂。她绝对不能以那种模样和久美相见。

平井把手放在胸前,深呼吸,让自己平静下来。

"你好。"她跟吧台后睁大了眼睛的计打招呼。

计可能没想到自己认识的人会出现在那个位子上,她问道:"怎么?从未来回来的?"

"对……"

"来做什么?"过去的计不知道现在发生的事,她的问题直率又无邪。

"来跟我妹妹见面。"平井没有撒谎,直接说出了来由,她放在膝盖上的手握紧着信纸。

"每次都来说服你的妹妹?"

"对。"

"真是不可思议,平时你都是躲起来不见你妹妹的。"

"今天,有点事。"平井努力平静地回答,虽然想面带微笑,但眼神却没有笑意,连眨眼都没办法。

"发生了……什么事吗?"计有点担心,压低了声音询问。就连计都看得出她今天的举止有些怪异。

"没事。"平井沉默了一会儿,然后硬挤出声音回道。

大多数情况下,人们在自己认可、相信的人面前无法说谎,会不由自主地呈现出真实的样子,尤其是在自己悲伤和想隐藏软弱的时候。

对平井而言,计就是自己相信的人,在计面前她无法隐藏自己。

此刻,计只要对平井说一句温柔的话,平井紧绷到极限的线就会立刻断掉,她一定会把事情全部说出来,计对平井来说就是拥有这种"破坏力"的人。

计担心地看着平井,但平井一直别过脸去,努力不看向计。这让计很是介意,她从吧台后面走了出来。

铃铛突然响起。

"欢迎光临。"计停下脚步,习惯性地转向入口说道。

平井知道进来的会是久美。三座落地钟中间的那一座指着下午三点,当然,平井知道只有中间那座的时间是准确的,三天前妹妹久美就是这个时间来到咖啡店的。

那天,平井不得不躲进吧台后面,理由也跟这家咖啡店的构造有关。咖啡店位于地下,只有一个出入口从地面通往地下,每个人都必须经过。

平井跟往常一样中午过后出现,点了咖啡,跟计愉快地闲聊,然后再去自己的小酒馆。那天她本想早点开店,看了中间的落地钟以确定时间,刚好三点,于是她付了账,走出店门。准确来说,她把木门推到一半的时候,就听见阶梯上方传来妹妹久美的声音,久美一边接电话,一边走了下来。平井慌忙回到店里,躲进吧台后面。

她刚躲藏好,久美就走进来了。

这是三天前她没有见到久美的经过。

现在平井坐在这个位子上,等待久美出现在入口处。

平井连久美穿什么衣服都不知道,这两年她一直躲着久美,连久美的面孔都没有好好看过。此刻,平井深深地觉得一直躲避妹妹的行为是如此恶劣,满心都是歉意与后悔。

但是,平井不能哭出来,而且她从来没有在久美面前哭过。要是哭了,久美一定会非常吃惊,会问她:"出了什么事?"这样的话,就算平井脑子里明白"现实是不会改变的",还是会说出"开车会出车祸的,搭电车吧"或是"今天先不要回去了"之类的话。

如果真的说出这些话,只会让久美感到不安,平井绝对做不出这种事,她这个姐姐不想再让妹妹更加痛苦,她再度深呼吸。

"姐姐?"听到这个声音让平井觉得心脏好像停止了跳动,这是原本再也无法听见的久美的声音。平井慢慢睁开眼睛,看见久美站在入口处正看向她。

"嗯,嗯。"

平井举起手摇了摇,尽量露出笑容回应,刚才紧张的表情完全不见了,只是左手仍旧在膝盖上紧握着信纸。

久美只呆呆地看着平井。

平井完全明白久美的困惑。在此之前,平井每次见到久美,都是满脸厌烦不悦的表情,张嘴就叫她快点回去,气氛总是很糟糕。但现在不一样,她微笑地看着久美,现在她的眼里只有久美。

"今天是怎么了?"

"什么怎么啦?"

"最近几年都没有这么容易见到你。"

"是这样吗?"

"是啊。"

"对不起、对不起……"平井耸肩回道,她插科打诨的样子让久美稍微安心了一点儿,然后慢慢地走近平井的桌位。

"咖啡和吐司,还要咖喱饭和什锦百汇,可以吗?"久美对吧台后面的计说。

"好。"计偷看了平井一眼,看平井跟往常没有什么不同,松了一口气,摸摸胸口,走进厨房。

"可以……坐这里吗?"久美迟疑地指着平井对面的椅子说。

"当然。"平井又微笑着回答,久美也愉快地笑了起来,慢慢在平井对面坐下。

但是，两人只是默默对坐着，久美微微低下头，始终没法平静下来，这样的情形让她坐立不安，而平井只是默默地看着久美。

久美注意到平井的视线，开口说："不知道为什么，总感觉有点儿奇怪。"

"什么？"

"好像很久没有跟姐姐这样面对面坐着了。"

"这样啊？"

"因为上次来的时候，是隔着门说话的；而在那之前，姐姐见了我就逃走，我只能一边追，一边叫你；在那之前是在马路对面；在那之前……"

"真是差劲。"明明灯开着却假装不在家；还装醉似的问久美"你是谁"；久美留下的字条，她看也不看就直接丢掉；连最后一封信也是这样。真是差劲的姐姐。

"姐姐就是这样啊。"

"对不起，对不起。"平井伸出舌头，做出开玩笑的样子。

但是，平井的态度明显与之前不同，久美应该感觉到了。

"真的，到底怎么啦？"久美担心地询问。

"什么怎么啦？"

"你有点奇怪啊？"

"是吗？"

"发生了什么事？"

"没有啊。"

平井尽量不夸张、自然地装傻。有时候，人们发现对方的死期将至，会突然改变态度，温柔起来，此刻平井就是这样的。而久美不安地看着平井，她的眼眶不由得发热。

要死的不是我。平井忍耐不住，终于低下头。

"请、慢、用。"幸好计在这节骨眼上端着咖啡出现了，平井立刻抬起头。

"不好意思。"久美客气地点头致意。"不客气。"计回道。她把咖啡放在桌上，微微鞠躬，走回吧台后面。

对话不知怎地就中断了，但平井没办法主动开口，从久美出现起，平井就极力忍住想紧紧地抱住她大叫"不要死"的冲动。她光是咽下随时会脱口而出的话语就费尽了全力。

两人沉默了一会儿，久美开始如坐针毡，她放在膝盖上的手里攥着的一张纸已经被她揉成了一团。久美不时看向店里的落地钟，她不想让平井注意到。其实平井很清楚久美的一举一动都意味着什么。

久美谨慎地选择言辞，她低着头，在心中反复想着要说的话。当然，她想的是怎么才能说服平井回老家，但她始终难以开口。因为这些年来，平井已经拒绝她无数次了，而且平井的态度越来越冷淡。虽然久美仍旧没有放弃，但每次被拒绝后都受到了伤害。

平井一直让久美这么难受，久美却每次都像这样忍着颤抖，鼓起勇气来见她。想到久美的心情，平井的心都要碎了。

这时，久美抬起头，用坚定的眼神直视平井的眼睛，平井无法转移视线，也只能凝视着久美。

久美微微吸了一口气，停顿了一下。

"我可以回去。"久美还没开口，平井先说道。因为平井很清楚久美要说什么，她要实现久美希望她回老家的心愿。

久美吃了一惊，她一时间没明白平井在说什么，反问道："啊？"

"我可以回去，回老家。"平井温柔地重复了一遍。

"真的？"久美仍旧满脸难以置信的表情，她再度确认。

"但是，我什么都不会。"平井抱歉地回答。

"没关系，没关系，工作现在开始学就可以了，爸爸跟妈妈都会很高兴的，一定会的。"

"这样吗？"

"当然。"

久美用力点头，她的脸渐渐变红，然后哭了起来。

"怎么了？"

这次轮到平井困惑了，她不是不明白久美流泪的原因——如果她回老家的话，久美就自由了。她也知道久美为多年来的努力终于有了结果而感到欢喜，但她没想到久美竟会喜极而泣。

"这一直是我的梦想。"久美低着头喃喃说道，大颗大颗的泪珠，滴滴答答地落在桌子上。

平井开始觉得胸口发紧。久美果然也有梦想，她也有想做的事，却因为平井的任性剥夺了她的梦想，而且是让她喜极而泣的梦想。

平井想知道自己扼杀了久美怎样的梦想，她以微弱的声音问道："什么梦想？"

久美抬起头，红着眼睛深呼吸了一下，回答道："跟姐姐一起经营旅馆。"久美哭泣的面容变成了笑脸，平井从来没有见过久美这么幸福的笑容。

平井脑中回想起自己三天前说的话。

她恨我啊。

她不想继承家业——旅馆。

我早跟她说了,我不会回去的,她还是一直来一直来,一直来一直来……真是烦死人了。

我不想看……她的脸。

都写在她脸上了,都是姐姐的错,害我得当完全不想当的旅馆老板娘,要是姐姐回来,我就可以自由了……

我可不想让人责备。

丢掉就好。

不看也知道里面写了什么,旅馆只有我一个人照顾,实在太辛苦了,你快点回来吧,工作内容现在开始学也不迟……

这些都是平井说的话。

原来,妹妹不是想要自由,也并非不想继承家业,更没有恨她。久美从没放弃说服平井,是因为她有梦想——久美想跟平井一起经营旅馆。

听见平井说要回老家,喜极而泣的妹妹跟以前一样,还是那个一心爱慕姐姐,不管被拒绝多少次都没有放弃依然前来劝说的妹妹;就算父母跟平井断绝了关系,久美还是相信平井会回家的妹妹;从小时候一直跟在她身边,姐姐长、姐姐短地叫着的可爱的妹妹。原来久美从未改变过。

现在的平井觉得妹妹从来没有这么贴心可爱过。然而，这个妹妹已经不在人世了。

平井后悔万分，她不想妹妹死，不希望妹妹死。

"久、久美。"平井用微弱的声音叫着久美的名字，就算知道是无谓的努力，还是想阻止妹妹死亡。但是，久美好像没有听到平井的声音，说："我去一下洗手间，得去补一下妆。"说着她站起身，背对平井走向洗手间。

"久美！"平井突然叫住她。

"啊！"久美听见平井突然大声叫她，吃了一惊，"什么事？"

平井也不知道该说什么才好，即使说了也不会改变现实。

"没事。"

没事才怪。不要走，不要死。对不起，是我不好，要是你不来找我，就不会死了。

想说的事，想道的歉实在太多了。任性离家出走，把旅馆和父母都丢给妹妹，让妹妹被迫当上小老板娘，这个责任有多沉重，平井完全没替她想过；百忙之中的妹妹究竟是抱着怎样的心情来找她，她完全不想知道。

明明我才是姐姐，却让你吃了那么多的苦。对不起，但是平井什么也说不出口。她完全不了解妹妹，也不知道该说什么，不知道自己想说什么。

久美的表情很温柔,虽然平井说了没事,但她仍旧在等平井说下去。平井想说什么,久美完全明白——一直以来,我都这么对待你,你怎么还对我这么温柔;你一直都在等我,你想跟我一起经营旅馆;你不肯放弃,但是我却……

平井的心意在漫长的沉默和犹豫不决之后,变成了两个字:"谢谢!"这两个字里包含了太多平井想要表达的话,她不知道是否能传达,但这两个字是平井所能表达的一切。

久美有点惊讶,她立刻微笑着说:"果然姐姐今天有点奇怪呢。"

"或许吧。"平井说着鼓起最后的勇气,露出今天最灿烂的笑容。

久美愉快地耸耸肩,转过身,走向洗手间。

"(久美!)……"

久美越走越远,泪水从眼中滚落的平井已经无法止住眼泪了,但还是目不转睛地看着久美的背影,直到看不见为止。

久美的身影一消失,平井就垂下了头,眼泪滴滴答答地落在桌上。

平井打心底想痛快地哭出来,但是她不能发出声音,那样久美会听见。她双肩颤抖,忍住不叫出久美的名字,用手掩住嘴无声地哭泣着。

刚从厨房走出来的计,看见平井此刻的样子十分担心,她叫道:"平井小姐。"

"哔哔哔哔——"咖啡杯中突然发出声音,这是咖啡冷却之前的警铃响了。

"那个警铃。"计听到这个声音就明白了,因为警铃是在跟故人见面时使用的,平井前来见的是妹妹,也就是说,她妹妹久美已经……

久美走进洗手间之后,计看着平井,迟疑地说:"难不成……"

平井看向计,悲伤地点点头。

"平井小姐。"计有点困惑。

"我知道。"平井端起咖啡杯,"不喝不行,对吧?"

计什么都没有说,也说不出话来。

平井端着咖啡杯,发出既不是叹息也不是感慨的声音,而是打从心底的悲伤。"我还想,再见久美一面,但是见到了,我就回不去了。"平井用震颤的双手捧着杯子凑到嘴边,不喝不行。她的眼泪又滴滴答答地落下,心中思绪万千。

事情为什么会变成这样?为什么妹妹非死不可?为什么我没早点说要回家去?

杯子就停在唇边,然后,"不行,喝不下去。"平井放下杯子，全身无力。自己在做什么，为什么到这里来，已经搞不清楚了。

她只知道原来自己这么爱妹妹，原来妹妹这么重要，而妹妹已经死了。

把咖啡喝下去，就再也见不到妹妹了。好不容易看见她的笑脸，以后再也见不到了。

平井知道自己绝对没办法一边看着久美的脸，一边把咖啡喝完。

"平井小姐！"

"我喝不下去。"

计非常能体会平井的心情，她悲痛地咬住嘴唇。

"你答应了吧？"计用颤抖的声音一字一字地说。

"答应了妹妹，说要回家，一起经营旅馆。"

平井已经闭上的眼中浮现出久美快乐的笑脸，想象中的久美还活着，跟平井一起愉快地经营旅馆。

早上响起的手机铃声在脑中回荡。

"但是，久美已经……"

像睡着了一样静静躺着的久美浮现在眼前，她已经不在了。

回到现实又能怎样呢？平井已经完全想不出任何回到现

实的理由。

计也在哭，但是平井从来没听过她的声音如此坚定："就因为这样，所以要回去。"

就因为这样？

"你跟她说要回去的话如果只是随口说说，她会难过的吧？"

没错，答应久美要跟她一起经营旅馆的。我说了要回去，从没见过久美那么高兴的笑容。不能让那个笑容消失，我再也不让久美伤心了。不回去不行，要回到现实；不回去不行，要回家。就算久美已经不在了，还是要遵守跟活着的久美的约定，不能让那个笑容消失……

平井再次拿起杯子，可是还想再见久美一面，这是她最后的迟疑。

若见到久美的话，一定喝不下去，就回不去了，这一点平井非常清楚。

只不过是把咖啡喝完而已，但杯子跟嘴的距离却一直无法缩短。

"咔哒。"洗手间门打开的声音传来。洗手间的门跟咖啡店入口一样，出入的人不会立刻被店里的人看见。

平井在听到洗手间门打开的瞬间，一口气把咖啡喝完。

已经不能再犹豫不决了，错过这个时机，就没有机会把咖啡喝完了。

喝完咖啡的瞬间，那种热气般的感觉就回来了，笼罩了全身。平井想，可能再也见不到久美了。就在此时，久美从洗手间走出来。

（久美！）

平井的意识在摇曳的热气中，依然留在当场。

"咦？姐姐呢？"久美回到桌位，但是她已经看不到平井了，她环顾着四周。

（久美！）

平井的声音已经传不到久美的耳中。

久美不知所措，看向吧台后方背对着她的计。

"请问，你知道我姐姐上哪儿去了吗？"久美问道。

"好像有急事先走了。"计转过身微笑着回道。

听到计的话，久美脸色一变。她当然会有这种反应，好不容易见到面的姐姐终于答应她要回家，这次会面还没说再见呢，怎么就突然不见了呢？久美沮丧地垂下肩膀。

"没问题的，你姐姐说绝对会遵守跟你的约定。"计看见她这个样子安慰道，接着朝变成热气的平井眨了眨眼。

（阿计，谢谢！）计的应对让平井流下感激的泪水。

"这样啊。"久美沉默了一会儿,微笑起来说道,"那我就回去了。"

她礼貌地低头致意,踏着轻快的脚步走出了咖啡店。

(久美!)

平井在晃动的意识中看得很清楚,久美听到她会遵守约定时幸福的笑容。

平井眼前的景色像快进的电影一样从上往下流动。

此刻,平井哭了。

回过神来时,连衣裙女子已经从洗手间回来,站在平井面前。

数、流、计、高竹都在,平井回到了现实——久美已经不在的现实。

连衣裙女子看见平井哭肿的双眼毫无反应,只是不满地说道:"走开。"

"哦,好。"平井回道,慌忙站起来。

连衣裙女子坐回座位,把平井喝过的咖啡杯往前一推,若无其事地继续看小说。

平井努力擦拭还挂在脸上的泪珠,深呼吸了一下:"可能没有我的容身之地,可能我完全帮不上忙。"说着,她看着手里久美最后的信。

"我就这样回去,应该没问题吧?"平井打算现在立刻回家,自己的店和所有一切就此抛下。不愧是平井,不会有任何牵挂和遗憾,在她的脸上看不到一丝迷惘。

"没问题的。"计用力点头说道。她没问平井回到过去的事,也不需要问。

平井从钱包里拿出三百八十日元咖啡钱放在流手上,轻快地走出店里。

"真是太好了。"计目送平井离开,一边轻轻抚摸着腹部,一边说。

流把平井给的咖啡钱放进收款机里,有点不可思议地看着计。

铃铛的余声仍在店中回荡。

Chapter Four

迟到的相逢

> 未出世孩子的胎动，
> 在母亲的时空中敲击出永不冷却的心跳节拍。

俳句[1]中的晚蝉是代表秋天的用语。

油蝉的叫声让人联想到正午和盛夏的酷暑，晚蝉的叫声却让人联想到傍晚和夏末。

每当日落西山薄暮时分，听见"唧唧"的蝉声，总会心生愁绪，加快回家的脚步。

与油蝉不一样，晚蝉喜欢在阳光很难照到的阴暗树林里，所以都市里很难听见这种蝉叫声。

但是，这家咖啡店附近有一只晚蝉，只要太阳开始西下，就能听到"唧唧"的蝉叫声。那是一种如梦似幻、虚无缥缈的声音。

八月的一个午后，地上油蝉跟知了争相鸣叫，气象局报

1　俳句：日本诗歌体之一，由"五、七、五"三行共十七字音组成。

导称这是今年最热的一天。

在这家即使没有空调也很凉爽的店里，数读出平井发送给流的信息。

回老家两星期了，在旅馆管理的事宜上有太多根本记不住的地方，每天都好想哭。

"哎哟哎哟。"

听众是高竹和流。信息每次都发送到流的手机，因为数和计都没有手机。数不喜欢和别人往来，觉得手机这种东西很麻烦；而计则说"夫妻共享一部手机就好"，结婚后他们夫妻就共用一部手机。

相比之下，平井一个人却有三部手机，工作手机、私人手机、家人手机。家人手机里以前只有老家旅馆和妹妹久美的电话号码，但现在添加了新号码，就是这家咖啡店和流的。但没有人知道平井把这两个号码加入了她的家人手机。

数继续读着信息。

我跟爸妈仍然有点摩擦，但我还是觉得回家真好。因为，要是久美的死让我跟爸妈不幸的话，那岂不是等于她是为了让我们不幸才出生,然后再死掉的吗?所以,从今以后我一定要活出"久美出生的意义",我可是很认真地在思考这件事。总之,我过得很好。有机会的话,请你们一定要来玩,我很推荐七夕祭典的时候来。请跟大家问好,平井八绘子。

站在厨房门口双手抱胸认真倾听的流,眼睛变得细长了,大概在微笑。

"太好了。"高竹微笑着说道。她还穿着护士服,应该是趁休息时间过来的。

"这个。"数把跟信息一起传来的照片给坐在吧台位子的高竹看。

高竹拿过手机仔细地看着,有点惊讶地说:"说真的,平井看着就像旅馆老板娘。"

"是吧。"数微笑回道。

平井把头发梳起来,穿着"宝藏"旅馆老板娘标志的浅粉红和服站在旅馆前面。

"看起来好幸福。"

"就是。"

满面笑容的平井,虽然跟父母还有摩擦,但父亲保生和母亲路子也一起入镜了。

"妹妹一定也……很高兴吧。"流从后面看着照片轻声说。

"就是。"高竹看着照片回答。

旁边的数也微微点头,此刻她脸上的表情亲切而温柔,跟举行回到过去的仪式前的冷漠完全不同。

"对了……"高竹把手机还给数,转头看着连衣裙女子的位置,脸上带着讶异的表情:"那家伙在干什么啊?"她并不是讶异地看着连衣裙女子,而是盯着坐在连衣裙女子对面的清川二美子。

二美子今年春天的时候在这家咖啡店回到了过去。平时的她就像海报里走出来的职业女强人,可能今天休假吧,她穿着黑T恤和白色的七分紧身裤,脚上穿着细带凉鞋,打扮非常休闲。

二美子对平井发来的信息毫无兴趣,只盯着连衣裙女子的面孔瞧,大家都不知道她要做什么。

"谁晓得。"对高竹的疑问,数也只能如此回答。

从今年春天开始,二美子就常常光顾这家咖啡店,每次来都坐在连衣裙女子对面。

"不好意思。"二美子突然对数喊道。

"什么？"

"有件事我想知道。"

"什么事呢？"

"如果可以时间旅行的话，就表示也能去未来，对吗？"

"未来？"

"对，未来。"

听到二美子的话，高竹充满兴趣地探出身子。

"啊，那我也想知道。"

"是吧？回到过去，或是前往未来，都是时间旅行，不是吗？这样的话，我觉得是可能的吧。"二美子继续说道，"所以到底是不是这样？"她既期待又好奇地看向数。高竹听着也点点头。

"可以。"数只简单地回道。

"真的？"二美子兴奋地站起来，撞到了桌子，连衣裙女子面前的咖啡溅了出来，她的眉毛抽动了一下。二美子慌忙用纸巾擦拭溅出的咖啡，她可不想被诅咒。

"唉。"高竹发出一声感叹。

"但没有人去过未来。"数看着她们俩的反应，冷静地补充道。

二美子听到这句话吃了一惊，她惊讶地问数："为什么？"

要是能去未来的话，不可能只有自己想去吧，二美子想这么说。当然高竹也想知道理由。

数对流使了一个眼色，然后问二美子："你想去的未来是几年以后呢？"

"三年后！"二美子立刻回答。

"要跟多五郎见面？"数冷静地询问。

"嗯，是的。"二美子抬起下巴回道。她好像想说："怎么，不行吗？"脸愈发红了。

"用不着害羞吧。"

流取笑她。

"我才没害羞呢！"

她反驳，但已经太迟了。流和高竹相视而笑。

"……"

数没有取笑她，跟往常一样冷静地看着二美子。二美子好像在看数的脸色。

"不行吗？"二美子小声说。

"不是不行，不是不行啦，但是……"数继续说道。

"但是？"

"三年以后，不知道多五郎会不会到这家咖啡店来。"

"……"

"您明白吗?"

数对搞不清问题含义的二美子继续问道。

"……啊。"

二美子明白了。确实,就算能去三年后,也不能保证多五郎会来这家咖啡店。

"就是这样。"

"……"

"过去是已经发生的事实,所以可以针对某个瞬间回去。但是……"

"没人知道未来。"

高竹拍了一下手,好像猜谜游戏的参加者一样回答。

"是的。可以去想去的那一天,但想见的人会不会在那里,没人知道。"

在此之前,应该也有有同样想法的客人。

流用习以为常的腔调补充说明。

"除非运气特别好,否则在咖啡冷却之前那短短的未来几分钟内,要见到想见的人,概率应该很低吧?"

流的眯眯眼好像在跟二美子说:你明白我想说什么吧?

"去了也是白费工夫……"二美子恍然大悟地喃喃说道。

"就是这样。"

"原来如此。"

二美子还来不及为自己欠缺考虑的企图感到惭愧,就开始感叹这家咖啡店的规则真是无懈可击,她完全没有想过跟数辩论。

二美子虽然没有说出口,心里却忍不住这么想:回到过去不能改变现实,前往未来也是白费工夫。太完美了,怪不得刊登都市传说的杂志写道"没有意义"。但现在不是感叹这种事的时候。

"去未来做什么?想确定你们是不是结婚了吗?"

流眯起细线一样的眼睛,取笑着二美子。

"才不是呢!"

"被我说中啦?"

"就说不是啦!"

二美子拼命否认,可是越描越黑。

而且很遗憾的是,二美子无法前往未来。

这也是麻烦的规则之一——只要坐在那个位子上,进行过一次时间旅行,就不能再到过去或未来,机会只有一次。

但是,现在不要说明这个规则可能比较好……数看着继续愉快谈笑的二美子,心里想道。

这并不是为二美子着想,只是因为二美子知道了一定会非常失望,并且会立刻继续提出各种质问。数觉得这样太麻烦了。

"叮叮咚咚",门口的铃铛一阵作响。

"欢迎光临。"

进来的是房木。他穿着深蓝色的短袖,米色的短裤和皮凉鞋,背着一个单肩包。外面是今年最热的酷暑,他手里拿着的不是手帕,而是白色毛巾,他一边拭汗,一边走了进来。

"房木先生。"

流直接叫他。房木听见流叫自己的名字吃了一惊,但立刻微微点头,在离入口最近的桌位坐下。

高竹把手背在背后,静静走到房木旁边。

"老公。"高竹微笑着跟房木说话,她不像以前一样叫他房木先生了。

"您是哪位?"

"我是你太太。"

"太太?我的?"

"对。"

"开玩笑吧?"

"是真的。"高竹毫不迟疑地在房木对面坐下。房木对陌生女人这么亲昵的态度感到困惑,满脸不知所措。

"啊,可以不要随便并桌吗?"

"没有关系吧,我们是夫妇啊。"

"有关系吧,我不认识你啊。"

房木讶异地瞪着眼前的女人,但高竹只默默微笑。无计可施的房木只好向端着冷水来的数求助。

"这……这个人……能想点办法吗?"旁人看来温馨的场景,但房木脸上只有困惑的表情。

"他好像真的很困扰啊。"数虽然觉得这很温馨,但不知不觉还是站在房木这一边。

"是吗?"

"今天就差不多这样,不要再逼他了吧?"流也在吧台后面替房木说话。

这对夫妻偶尔会在这里进行这种对话,但高竹说是他太太时,房木并不是每次都否认,有时候会不可思议地说:"原来如此啊?"然后就接受了。前天,房木就跟坐在对面的高竹愉快地闲聊。

"没办法,那就回去之后再继续吧。"高竹说着站起来,回到原来的吧台座位,她好像也掌握了适可而止的时机。

"好像很幸福啊。"流说。

"还好啦——"高竹愉快地回答。房木在凉快的店里仍用毛巾拭汗。

"咖啡。"房木说着,从包里拿出旅游杂志,摊在桌上开始阅读。

"好。"数带着笑容回答,走进厨房。

二美子再度开始观察连衣裙女子;高竹托着面颊看着房木,房木虽然知道她在看他,仍旧继续阅读杂志;流看着他们,用充满怀旧感的手摇式磨豆机开始咔啦咔啦地磨起咖啡豆;连衣裙女子照旧在看书。

计从后面的房间走进飘着咖啡香味的空间里。

流停下了磨咖啡豆的手。高竹看见计的面孔"哎"地叫出声来,计脸色惨白,看起来摇摇欲坠。

"你怎么啦?"虽然态度不温柔,但问话的流的脸色也紧张起来。

"大嫂,今天还是休息一下……"数从厨房里探出头说。

"没事,没事。"计勉强挤出笑容,但仍无法掩饰状况不好的事实。

"不舒服吗?"高竹一边问计,一边站起来,她想过去扶计。"不要勉强比较好吧?"

"我真的没事。"计对高竹比了一个胜利手势,走到吧台后面,大家都看得出她在硬撑。

计一生下来心脏就不好,医生说要避免剧烈运动,从小学、初中到高中,她从来都没像其他同学那样参加过运动会。但是她天性随和,不怕生又好奇心强烈,自由奔放,是享受人生的天才。计拥有平井所谓的"幸福生活的才能"。

既然不能剧烈运动,那就不要剧烈运动就好了。计是这么想的。

运动会中赛跑,计坐在轮椅上让男生推着她跑,每次都是最后一名,但她跟推她的男生每次都真的很不甘心。跳舞时,她的舞步跟大家都不一样,自己一人慢慢地跳。这种行为平常会干扰团体活动,但很不可思议的是没有人反感,大家都支持她。计就是有这种魅力。

但是计的心脏常常违背她的意志和性格,不时出问题。虽然时间不长,但她不得不中断学生生活,反复入院。

计跟流是在医院认识的,当时计十七岁,正值高中二年级。住院卧床的计唯一的乐趣就是有人来探病,以及跟同病房的病人和护士小姐聊天,不然就是眺看窗外的景色。

有一天，计看着窗外，看见外面庭院有一个全身缠着绷带的男人。计无法转移视线，因为这个男人不只全身缠着绷带，身材还比任何人都高大。别人可能觉得这样很不得体，但计仍给那个缠着绷带的男人取了个外号，叫"木乃伊"，每天不厌其烦地看着他。

计从护士那里听说，木乃伊男子是因为车祸住院的。他在路口过马路的时候，碰到小客车和卡车擦撞的事故。幸好他没有遭受直接撞击，但他被卡车侧面扫到，飞到二十米外商店的玻璃橱窗里，而跟卡车擦撞的小客车没事，卡车横倒在人行道上。除了他之外没有人受到波及，但这依然是一起严重车祸。

要是平常人的话可能会当场死亡，然而那个高大的男人却若无其事地站起来。不，并非若无其事，他浑身是血，但他还是蹒跚着走向横倒的卡车，询问车里的驾驶员："你没事吧？"卡车油箱破裂，汽油漏出，高大的男子把昏过去的驾驶员拉出来，轻松地扛在肩膀上，对周围看热闹的人说："快叫救护车！"男子也被送到医院，他浑身擦伤割伤处无数，但并没有伤到骨头。

计听了事情的经过之后，对木乃伊男子更感兴趣了。没过多久，她就发觉自己的兴趣其实是爱恋。这是计的初恋。

有一天,计在一时冲动之下去找了木乃伊男子。计走到男子面前,发现他比想象中更加高大,简直像一堵墙;但是计毫不犹豫,她双眼闪闪发亮地向他告白:"请让我当你的新娘。"计既不迟疑也不害羞,她直勾勾地盯着木乃伊男子,说得非常干脆明了。这是他们说的第一句话。

木乃伊男子默默低头看着她:"那你得在咖啡店工作了。"他只说了这一句话,算是回答了。

在那之后,他们交往了三年。在计二十岁,流二十三岁的时候两人登记结婚,正式成为夫妻。

计走到吧台后面,开始擦拭洗好的碗盘,放回柜子里,厨房传来虹吸壶咕嘟咕嘟的声音。

高竹担心地看着计,数再度走进厨房,流又开始磨咖啡豆。

不知为何,连衣裙女子一直凝视着计,但没人注意到她的目光。

"啊!"高竹叫出声时,玻璃碎裂的声音也同时响起。杯子从计手中滑落了。

"大嫂!"平常冷静自持的数惊慌地冲出来。

"对不起。"计想捡玻璃碎片。

"啊,我来就好……"数阻止蹲下来的计。

"……"流只默默地看着。

高竹第一次看见计状况这么差。高竹是护士，见惯了生病的人，但看见友人身体不好还是会心头一紧，脸色发青。

"阿计。"高竹担心地喊计的名字。

"你还好吗？"连二美子也关切地问起来。

当然，房木也担心地抬起头。

"对不起。"

"去一下医院比较好吧？"高竹如此建议。

"啊，真的没事啦……"计顽固地摇头，但是她双肩耸动，呼吸费力，应该比料想中还要难受。

"但是……"

"……"流仍旧一言不发地看着计，脸部绷得紧紧的。计叹了一口气。

"那我还是去休息一下好了。"计说完，便摇摇晃晃地走向后面的房间。她知道当流出现这种表情的时候，就是真的非常担心她了。

"店里就拜托了。"流说道，跟在计后面也走进后面的房间。

"啊，嗯……"数心不在焉地回道，站在那里发愣。

"咖啡。"

"啊,对不起。"

房木顾虑当场的气氛,客气地催促数。大家都被计分了神,房木的咖啡还没上呢。

那天,就在沉重的气氛中度过了。

自从知道怀孕开始,计一有空就会跟肚子里的孩子说话。怀孕四周其实还不能称得上是孩子,但是对计来说,这不是重点。

每天早上计都从"早安"开始,一边把流称作"爸爸",一边把一天要做的事说给肚子里的孩子听。她和肚子里的孩子说话的时间,是她这辈子最幸福的时刻。

"看到了吗?这个人是你的爸爸。"

"我的爸爸?"

"对。"

"好高大喔。"

"对。他不止身材高大,心胸也很宽广呢,性格非常温柔,是靠得住的爸爸。"

"好期待喔。"

"爸爸跟妈妈也非常期待见到你呢。"

每天大概都是这种对话情景。当然,说是对话,其实是计一人扮演两个角色。

但是计的身体状况越来越差,怀孕五周,子宫中形成一个叫作胎囊的小袋,里面有一到两厘米长已经有心跳的"胎芽"(发育尚未完成的胎儿)。从这时候起,胎儿身体的组织器官开始迅速形成,眼睛、耳朵、嘴巴、脸、胃、肠、肺脏、胰脏、脑神经、大动脉等,还有手脚的雏形都会急速发育起来。

身体为了生下孩子而做的各种准备,确实削弱了计的体力。

而且计出现了全身发热类似发烧的症状,形成胎盘分泌的激素让她觉得疲累嗜睡、精神不安定,为一点小事就发怒或沮丧,这个时期味觉也开始发生改变。

但是计从来没说过"好难受""好痛苦"之类的话。她从小就常常住院,不会因为身体不舒服就抱怨。

计的身体状况就在这几天迅速恶化。

两天前,流去咨询计的主治医生,关于计怀孕这件事,主治医生的意见是:"老实说,尊夫人的心脏应该承受不住生产过程。怀孕六周就会开始害喜，要是严重的话，不住院不行。如果尊夫人决定将胎儿生下来，母子均平安的可能性极低。就算顺利生产，对母体的影响也无法预期，一定要有会缩短寿命的心理准备。"

另外，主治医生还说道："通常人工流产的时机是六周到十二周之间，以尊夫人的情形来看，越早做越好，以免到时太迟了……"

流回家之后毫无保留地跟计说了，计只是微微点头回答："我知道了……"

咖啡店关门后，流一个人坐在吧台位子上，只有壁灯照明，吧台上有好几只用纸巾折的纸鹤。店里回响着落地钟钟摆晃荡的声音，只有流的一双手还在动作。

"叮叮咚咚"，铃铛响起，流完全没有反应，只把刚刚折好的纸鹤放在桌子上。

过了一会儿，高竹进来了，她担心计，下班后又绕过来。

"……"流仍旧看着纸鹤，微微低下头。高竹站在入口处。

"阿计的情况怎样?"高竹很早就知道计怀孕,但没想到计的身体这么快就恶化,她担心的表情仍旧显而易见。

"……就撑着。"流没有立刻回答,伸手拿了一张纸巾,这么说道。

高竹在和流隔了一个位子的吧台座位坐下:"……"

流挠着鼻头,看向高竹,微微低下头:"对不起,让你担心了……"

"没什么,但是不带她去医院真的可以吗?"

"她下了决心就不听人劝……"

"可是……"

"……"流停下了折纸鹤的手,但是视线仍停留在纸鹤上。

"我反对过。"流用微弱的声音嘀咕道,要不是店里安静,搞不好高竹都听不见。

"但是,她说一定要生……"流说着对高竹露出笑容,然后低下头。

流虽然说"我反对过",但他不可能坚决反对,他说不出"不要生",或是"希望你生"。计的性命还是腹中孩子的性命,无论哪一边,他都无法选择。

高竹不知该如何回答,她看着天花板上缓慢旋转的吊扇。

"真难受啊。"高竹喃喃道。

过了一会儿，数从后面的房间走出来。

"阿数……"高竹轻声叫道。但数只垂着眼睑，视线看向流，她脸上不是往常冷静的表情，而是有点微微的悲怆。

"计怎样了？"流问道。数只默默地看着后面的房间，计从她视线的另一端慢慢走出来，脸色苍白，脚步不稳，但比起白天已经好多了。计站在吧台后，跟流正面相对。

"……"计凝视着流，流却不看计，只看着排在桌面上的纸鹤。流和计都沉默不语，时间沉重地流逝。高竹也沉默。

数突然走进厨房，开始泡咖啡。她把过滤器装进漏斗里，把热水倒进玻璃虹吸壶。店里很安静，就算看不见她的身影，也可以轻易想象出她在做什么。过了一会儿，玻璃虹吸壶里的水沸腾了，可以听见水咕嘟咕嘟上升到漏斗里的声音，没过几分钟，店里就充满了咖啡的香气。

流仿佛被香味吸引般抬起头。就在此时——

"……对不起。"计小声地说。

"……什么对不起？"流仍旧看着纸鹤。

"明天去医院。我会住院的。"计的每一句话都像是说给自己听一般。

"老实说，我总觉得要是住院了，好像就没法再回到这里来，所以总是没法下定决心……"

"……这样啊。"流紧紧握住拳头。

"但是,已经差不多到极限了……"计抬起下巴,大大的眼睛看着上方,好像快要哭出来了。

"……"流仍旧默默地听着。

"我的身体,已经快到极限了……"计抚摸着一点儿也不大的肚子。

"接下来好像只能专心把这孩子生下来……"计露出遗憾的苦笑,果然自己的身体自己最清楚。

"所以……"计决定去医院了。

"我知道了。"流用细细的眼睛看着计,他只这么回答。

"阿计……"高竹第一次看见计如此动摇。她是护士,非常明白本来就有心脏病的计要生小孩是一件多么辛苦危险的事。光是开始害喜就这么衰弱,就算决定不生,也不会有人责备她。但是计仍然坚持要生。

"可是,好可怕啊……"计用颤抖的声音喃喃道。

"这个孩子,会幸福吗?"计把手放在肚子上。

"不会寂寞吗?不会哭吗?"计又开始跟肚子里的孩子说话。

"我只能把你生下来,你能原谅我吗?"计侧耳倾听,但肚子里的孩子没有回答。

"……"计脸上流下一行清泪。

"我好害怕啊……不能陪在这孩子身边,我好害怕……"计直直凝视着流的眼睛。

"我该怎么办才好?我希望这孩子能幸福……只是这样而已,但我却这么害怕……"

"……"流没有回答,只是看着吧台上的纸鹤。

"啪嗒——"连衣裙女子把书合上,但并不是看完了,小说里还夹着系有红色缎带的纯白书签。计听到那个声音,不由自主地看向连衣裙女子,连衣裙女子也凝视着计。

"……"连衣裙女子盯着计,然后慢慢地眨了一下眼睛,缓缓站起身来。不知道她眨眼是什么意思,连衣裙女子就这样没有发出任何声音,若无其事地走过流背后,走过高竹旁边,像被洗手间吸收了一样走了进去。

那个位子空出来了。

"……"计摇摇晃晃地往前走,她走到能回到过去的位子前面,盯着那个位子看。

"阿数……帮我泡杯咖啡好吗?"计用几乎听不到的声音说。

"……"数从厨房探出头来,她不明白计为什么要站在那个位子前面。

"喂……难道你要……"流看着计的背影说道。

数发现连衣裙女子不在位子上，想起白天的事。

清川二美子问"是不是能去未来？"二美子的目的很明确，她想确定自己在三年后是不是跟从美国回来的多五郎结了婚。数回答"能去"，但也说了"没有人去"。

确实可以前往未来，但能不能见到想见的对象，完全是未知数，因为未来会发生什么事没人知道。

当然还有咖啡不能冷却的时间限制，因此能见到想见的人的概率几近于零。"去了也是白费工夫"，所以没有人想去未来。

计打算去未来看看。

"只要看一眼就好。"

"等一下……。"

"只要看一眼就可以了……"

"所以你要去未来？"流很难得地提高了声音。

"但是……"

"不知道能不能见到啊？"

"……"

"见不到不就没意义了吗？"

"是这样，没错……"

"……"

计哀求地看着流的眼睛。

"不行。"流转过身去,背对着计不再作声。

这是流第一次如此明确地阻止计的行动,以前他从来没有这样过。最尊重计"一旦下了决心就不听人劝"这样个性的人就是流,连计选择伤害身体的"生产"他都没有强烈反对,但现在流反对了。

就算能前往未来,不仅有可能见不到孩子,而且万一发现未来自己的孩子并不存在的话,那么现在支撑计"活下去的力量"都可能就此消失。流最反对的理由就是这一点。

"……"计在那个位子前面垂下了头,她无法放弃想前往未来的念头,完全没有要离开那个位子的样子。

"几年后?几年后的几月几日,几点几分?"问完,数凝视着计的眼睛,微微点头。

"数!"流用力大叫。但数毫无反应,平静地笑着:"我会记住的,那天一定会让你们见到的……"

"阿数。"

数向计许下了承诺,她会记住现在计所说的未来时刻,在几年后的那个时间,让出生的孩子来到这家咖啡店。

"所以,你放心吧。"

计也凝视着数的眼睛,微微点头。

数觉得这几天计的状况很不好,不只是因为怀孕反应带来的身体变化,精神方面衰弱的影响也很大。

计并不害怕死亡,而是因为自己身为人母却无法守护孩子成长而感到不安与悲伤。她的不安和悲伤侵蚀了心灵,而心灵的伤害剥夺了体力,体力低下让她更为不安。所谓"病由心生",再这样下去的话,在生产之前她只会越来越衰弱,可能母子都性命不保。数是这么想的。

计的眼睛亮了起来。

可以见到我的孩子了。

这是真的很渺小的希望。

计把头转向坐在吧台位子的流,骨碌碌的大眼睛盯着他不放。

"……"流沉默了一会儿,然后叹了一口气,把脸别到旁边。

"随便你……"流自暴自弃地说道,转身背对计。

"谢谢……"计看着流的背影喃喃说道。

"……"

数等计把身体滑进桌位和椅子之间,然后拿着连衣裙女子使用过的杯子走进厨房。

计深呼吸慢慢坐下，闭上眼睛。高竹双手交握，像是在祈求好运。流则默默地看着眼前的纸鹤。

这么说来，数违背流的意思依照自己的心思行事，计还是第一次看见。

数除了在这家咖啡店，几乎不跟初次见面的人说话。她虽然在上美术大学，但计没有见过她跟像是朋友的人相处过。她总是一个人，从学校回来就在店里帮忙，结束后就待在房间里画画。

数的画是用铅笔写生，跟实物照片一样真实的超写实主义画风。但一定是亲眼看见的景物才能画得出来，也就是说，数不画想象或凭空的事物。

人类对看到、听到的一切并非原封不动地照单全收。人的经验、思考、处境、幻想、喜好、知识、认知和其他各种感性，都一齐运作并重新诠释听到、看到的事物。著名的画家巴勃罗·毕加索八岁时描绘的男性裸体舞者非常精彩，十四岁画的天主教圣餐仪式就是传统的写实主义；在那之后，因为朋友自杀的冲击，他进入了以深蓝色为基调的"蓝色时期"；有了恋人，进入以鲜艳色彩作画的"玫瑰时期"；受到非洲雕塑影响之后的立体主义、新古典主义、超现实主义，然后进入了有名的《哭泣的女人》和《格尔尼卡》的时期。这些都是映射在毕加索眼睛里的东西，被毕加索这个"过滤器"过滤后所得到的结果。

在此之前，数从来没有反对或否定过他人的意见和行动。这是因为数的滤镜并不包含自己的感情，不管发生什么事，都保持在一个不会影响自己的距离。这就是数的立场，是她的生活方式。

这一点，不管对象是谁，都不会改变。数对回到过去的客人冷淡的态度，其实在说：

"回到过去不管发生什么，都不关我的事。"

但是这次不一样，数许下了承诺，她推了要前往未来的计一把。数的行动直接影响了计的未来。

计觉得数这种超乎常规的行动或许有某种缘由，但她完全看不出来是什么缘由。

"大嫂。"

计听到数的声音，睁开眼睛。数就站在桌边，手上的银色托盘上放着纯白的咖啡杯和银色咖啡壶。

"没问题吗？"

"没问题。"

计坐直身子，数静静地把咖啡杯放在计的面前。

几年后？数歪了一下头，无声地问道。

计稍微想了一下:"那就十年后的八月二十七号吧……"

数听到这个日期,微微露出笑容,轻声回答:"我知道了。"

八月二十七号是计的生日。这样的话,数跟流都不会忘记吧。

数继续问:"时间呢?"

计立刻回答:"下午三点。"

"十年后的八月二十七号,下午三点……"

"拜托了……"计对数微笑。

数微微点头,拿起银色咖啡壶,像平常那样郑重地说:"那就……"

"我去去就来。"计朝着流说了一声,清澈的声音毫不迟疑。

"嗯。"流仍旧背对着她,他只这么应道。

数看着他们俩一来一往,银色咖啡壶停在咖啡杯上方。

"那就,在咖啡变冷之前……"数轻声说着,这句话在安静的店内回荡,连计都感觉到空气紧张了起来。

数开始往杯里注入咖啡,咖啡从细细的壶口里像一条黑线般无声地注入杯里,慢慢地倒满。

计并没看着咖啡杯,反而一直注视数。

咖啡倒完，数注意到计的视线，温柔地微微一笑，好像在说"一定见得到的"。

热气从咖啡杯上缓缓升起，计觉得自己的身体开始像热气般摇曳晃荡，身体好像突然变轻了，周围的景象开始从上往下移动。

要是平常的计，八成会跟到游乐场玩游乐设施的小朋友一样，两眼发光地看着流动的景色；但是这种不可思议的体验，现在无法掳获计的心思。这是数不顾流的反对，给她的唯一一次机会，她就要见到自己的小孩了。

计置身于这种摇晃晕眩的感觉中，回想起小时候的事情。

计的父亲松泽道则也有心脏病，计上小学三年级的时候，父亲倒在了工作岗位上，之后就频繁地出入医院。第二年，父亲就永远地离开了她们，那年计九岁。

计虽然生来就是天真烂漫，容易跟人亲近的个性，但也多愁善感，喜怒哀乐甚为分明，父亲道则的死在计的心里投下了深深的阴影。

计将第一次体验到的"死亡"这件事用"黑暗的箱子"来形容。只要进去了就出不来的箱子，父亲被关在里面了，无法跟任何人见面，那是又难受又孤单的地方。想到父亲，计整晚都睡不着觉，脸上也渐渐失去了笑容。

另外，母亲十麻子的反应却跟计相反，始终笑容满面，但其实她并不是特别乐观。道则跟十麻子是非常普通的夫妇，十麻子在葬礼上也流了眼泪，但葬礼结束后，她从来没有露出阴郁的表情，反而比以前更常露出笑脸。

当时的计无法理解母亲的笑容，她反问父亲死了也不悲伤的母亲："爸爸都不在了，你为什么还笑得出来呢？你不难过吗？"

十麻子很清楚计在用"黑暗的箱子"来描述"死亡"这件事。她回道："那你爸爸在黑暗的箱子里看见我们的话，会怎么想呢？"

十麻子一边称赞计怀念父亲的温柔心意，一边仔细地回答她"为什么还笑得出来"的疑问。

"爸爸不是想去那个黑暗的箱子才离开我们的，他有不得不去的理由。箱子里的爸爸要是看见你每天都哭，心情会怎样呢？一定会很难过吧。因为爸爸最喜欢你了啊，看见喜欢的人悲伤肯定是一件特别痛苦的事，对吧？所以，要是你能每天都笑，箱子里的爸爸也一定会开心的。我们的笑脸能让爸爸也高兴起来，我们幸福能让箱子里的爸爸也幸福喔。"

计听到妈妈这么解释，不知何时流下了眼泪。

紧紧搂住计的十麻子眼睛里也浮现出泪光，这是自举行葬礼以来的第一次。

这次轮到我进箱子了……

计现在才终于理解父亲道则的苦恼，她深深体会到不得不抛下家人死去的父亲的悔恨。了解了父亲的心境后，计才知道母亲跟她说的话多么有智慧，要是不理解父亲的心意，是没法说出那种话的。

过了一会儿，周围的景色慢慢稳定下来，热气变成人形，计出现了。

托数的福来到了十年后的未来，计慢慢环顾室内。

硕大的柱子，天花板上交叉的木头横梁，三座大落地钟有着栗子皮般深咖啡色的光泽，墙壁是黄豆色的粗糙土墙，营业超过百年产生的朦胧旧迹让计很中意。微暗的照明把店里染成黄褐色，让这里感觉不到时间流失，散发出怀旧的氛围，天花板上的木制吊扇无声地慢慢转动。

乍看之下，真的无法分辨是不是来到了十年以后。然而，收款机旁边的日历确实显示着八月二十七日。刚刚还在一起的数、流和高竹都不在场。

吧台后的男人一直看着计。

"……哎？"

计看见吧台后面的男人，不知到底是怎么回事，她没见过这个男人。男人穿着白衬衫黑马甲，系着领结，梳着七分头，看起来是到处可见的咖啡店服务员。

吧台后的男人看见计出现在这个位子上也不惊讶，这表示他知道这个位子的特殊性。他没有说话，只默默凝视着计，不干涉出现在这里的人，也是这家咖啡店服务员的标准态度。

过了一会儿，男人开始擦拭手上的玻璃杯。男人的年龄在三十五岁到四十五岁之间，中等身材，看起来就是普通的侍者。若硬要说有什么不同，那就是不苟言笑，从右眉上方到右耳有烧伤的痕迹，整体上让人感觉很难亲近。

"对不起，那、那个，店长呢？"

要是平常的计，不管对方是冷淡还是外表吓人都无所谓，她可以立刻像跟朋友一样笑着聊天。但现在计感到混乱，她简直像外国人一样，用结结巴巴的日语对男人说道。

"……店长？"

"这家咖啡店的,店长,在吗?"

吧台后的男人把擦好的杯子放进餐具柜里,回道:"就是我啊……"

"啊?"

"什么?"

"你是,店长?"

"对。"

"这里的?"

"对。"

"这家咖啡店的?"

"对。"

"真的?"

"嗯。"

骗人的吧!

计惊讶得身子大幅度地往后仰了一下。吧台后的男人看到计如此强烈的反应,吓了一跳,急忙放下手上的工作走了过来。

"怎,怎么啦?"

只说自己是店长就让人这么惊讶,这种情况大概是第一次遇到,男人显然甚为不安,而且计本来就表情丰富,她惊愕的表情让男人更加动摇。

计在混乱的脑中拼命厘清思绪，这十年间发生了什么事，完全想象不出来。她有很多话想问眼前的男人，但她不仅脑中一团混乱，而且也没有足够的时间，咖啡变冷的话，自己特地来到未来就没有意义了。

计打起精神，看向担忧地看着她的男人。

"我得镇定下来……"

"那什么……"

"嗯？"

"之前的店长呢？"

"之前的？"

"就是身材很高大，眼睛细细的……"

"啊，流先生？"

"对！"

听到面前的男人认识流，计不由得倾身向前。

"流先生现在在北海道喔。"

"北海道？"

"对。"

计双眼惊奇地闪烁，又问了一次。

"北海道？"

"对。"

"……"

计的眼睛开始骨碌碌地转动。

这对计而言是完全料想不到的发展,她认识流到现在,从来没听他提过任何关于北海道的事。

"为什么?"

"我也不知道啊……"男人困惑地挠着右眉上方。

"……"计打心底感到不安,完全不知道该怎么办。

"啊,是这样吗?您是来见流先生的吗?"眼前的男人不认识计,问了完全不对的问题。

"……"计连回答的力气都没有,整个人阴沉下来。

计本来就很不擅长理性思考,一直都是凭直觉生活,因此现在到底为什么会变成这样,她完全不明白。她一直以为到了未来就能见到自己的孩子,没想到现在却不知所措。

"那是要见数小姐吗?"男人又问道。

"啊!"听到这句话,计不由得叫起来。她太大意了,听到这个男人自称"店长",她就乱了阵脚,完全忘了重要的事。跟她约好让她到未来的是数,流在北海道完全无所谓,只要数在就没问题。

计忍不住兴奋,立刻问那个男人:"阿数呢?"

"啊?"

"阿数!阿数在吗?"

要是面前的男人站在伸手可及的距离的话,计可能就揪住他的领口了。

"啊!"计的气势让男人吃了一惊,不由得退后了两三步。

"在还是不在!"计的样子好像要把人吃掉似的。

"哎,这个嘛……"计咄咄逼人的攻击让男人抱歉地转移视线,回答道:"其实,数小姐也……"

"……"

"在北海道。"男人一字一句小心翼翼地回答。

完了……

听到男人的回答,计瞬间泄了气。

"竟然连阿数也……"

男人看到计变得魂不守舍更加担心,战战兢兢地观察着计的表情:"你还好吗?"

计看向眼前的男人,他什么也不知道,跟他说也没用,只好无力地回答:"我没事……"

"……"男人把头歪向一边,走回吧台后面。

计摸着肚子,心想:虽然不知道原因,但两人都在北海道的话,那么这孩子一定也在北海道。没想到事情会变成这样……

想到这里,计失望地低下了头。

这本来就是一场赌博,运气好的话就能见到。但现在计总算明白了,要是那么轻易就能见到的话,也许大家都会想到未来的。

比方说,清川二美子要是能跟多五郎约好,三年后在这里见面的话,只要多五郎遵守"来这家咖啡店"的承诺,也不是不能见到。

但没法遵守承诺的理由很多,像开车遇到堵车、走路遇到道路施工、有人问路或者迷路,也可能遇到下大雨之类的天灾,睡过头记错约定的时间也是有可能的。总之,未来会发生什么事,没人知道。

这么想来流跟数在北海道,不管是为什么,也都不是不可能发生的事。那个地点虽然让计吃了一惊,但就算他们在下一个车站之处,也没办法在咖啡变冷之前赶来。

就算回去之后把这里发生的事告诉他们,两人现在在北海道的现实也不会改变,这是计很清楚的规则。

运气不好,只能这么想了。

既然这样,就死马当活马医吧。计稍微冷静下来,她端起咖啡喝了一口,还很温热。

计迅速转换心情,这也是平井所说的"幸福生活的才能"的一种。感情起伏虽然剧烈,但不会给自己留后患。

虽然没能见面有些遗憾,但她不后悔。她挑战了想做的事,也确实来到了未来,她也不怨恨数或流。他们一定有不得已的理由,她相信这两人绝对是全力以赴的。

对于自己来说见面是几分钟前做的约定,但在这里已经是十年后了。没办法,回去以后就跟他们说见到了吧……

计伸出手去拿桌上的糖罐。

就在此时,门口的铃铛一阵叮咚作响。

计正要往咖啡里加糖,差一点就跟平常一样说"欢迎光临",只不过自称店长的男人抢在她之前开了口:"欢迎光临。"

计闭上嘴,看着入口。

"啊,你回来了。"男人说。

"我回来了。"

进来的是一个中学生模样的少女,年龄大约十四五岁,穿着夏天的白色无袖喇叭衬衫和牛仔短裤,系带凉鞋,漂亮的黑发用红色发圈绑成马尾。

啊……是那时的……

计看见少女的脸,立刻想起来了,她就是从未来过来跟计一起拍照的少女。那时穿着冬天的衣服,也是短发,看起来感觉有点不同,但灵活可爱的眼睛见过一次就不会忘记。

没想到会在这里见面……

计肯定地点了点头,双手抱胸。那时的计因为有从来没见过的人来找自己,感觉到不可思议,但既然现在在这里见了面,那就没什么奇怪的了。计不由得开口,得意地对着站在入口处的少女说道:"你来照过相了吧?"

可是少女的脸上却带着一个大大的问号,她讶异地回答:"……您在说什么?"

计看见少女满脸困惑的表情,知道自己搞错了。

这样啊……

少女去找计是在这次见面之后,所以她不知道"你来照过相了吧"是什么意思。

"啊,没事,当我没说……"

计微笑着对少女说道。少女疑惑地微微点头,走进了后面的房间。

终于释然了。计如释重负地放下心来,愉快地目送少女的背影。

这让她非常高兴,专程跑到未来,流跟数都不在,只有一个不认识的男人，就这样一无所获地回去，未免有点寂寥。然后，一起照相的少女出现了。

计摸摸咖啡杯，再度确定咖啡的温度。

要在这杯咖啡冷却前，跟她熟起来才行。

计想着这些只觉得心绪激荡，越过十年的时间，又见面了。

那个少女回来了。

啊……

少女手上拿着酒红色的围裙。

那是我的围裙！

计并没有忘记当初的目的，但无计可施的事情就不用一直懊恼了。不知何时，计的兴趣已经转向跟少女交流。

"啊，今天可以不用帮忙，客人只有那位……"男人从厨房探出头来，对穿上围裙的少女说道。

然而少女没有回答，径直走到吧台后面。

"……"男人没有多说，就这样回到厨房。少女熟练地开始擦拭吧台。

喂，喂！计摇晃身体，想让少女注意自己，可少女一次也没有看向计，但计毫不在意，她悠闲地想着：少女之所以在这里帮忙，大概是因为她是那个店长的女儿吧？

丁零零……丁零零……后面房间的电话突然响了。

"来了,来了。"计说着差一点站起来。过了十年,电话的响声仍旧没变,她的身体不由自主地做出反应。

好险,好险。

"不能离开座位"这个规则并不表示臀部黏在椅子上不能离开,而一旦离开就会强制回到现实。这个规则不明说很难理解,但计当然很清楚。

在厨房里的男人一边说"来了,来了",一边走进后面的房间。

计一边作势擦拭额上的汗水,一边呼出一口气。这时,接电话的男人的声音从后面的房间传出来。

"……喂,喂……啊,您好……啊?在啊……嗯,好,那我让她听……"

男人从后面的房间里走出来。

嗯?

男人走到计面前,把电话分机递了过来。

"这个。"

"……给我?"

"流先生打来的。"

"啊?"

"他说让您接……"

听到是流,计立刻从男人手中接过分机。

"喂?为什么在北海道?解释一下好吗?"

计讲电话的声音很大。男人完全搞不清楚状况,只好歪着头回到厨房。

"喂?"

少女好像没听到计大声说话一样,毫无反应默默地继续工作。

"嗯?没有时间?没时间的是我吧!"

讲电话的时候咖啡也在逐渐冷却。

"嗯?听不清楚!什么?"

计用左手拿着分机,右手捂着耳朵大声说话,看来电话另一端杂音很大,听不清楚。

"什么?看起来像中学生的女孩子?"

计一遍遍地确认着问。

"在啊,就是大概两星期前,从未来过来跟我照相的啊?"计看向少女说道。

"对,对,那个女孩子怎么了?"

她看见少女停下手上的工作,垂下眼睑,看起来好像很紧张。

到底是怎么回事?计心里想着,继续讲着电话。她虽然很在意那少女,但现在有更重要的事非得问流不可。

"就说我听不清楚啊!哎,什么?那个孩子……"

"是我们的女儿?!"

就在此时,正中间的落地钟咚咚地敲了十下。

"啊!"计这才发现自己来到这里的时间不是说好的下午三点,而是上午十点,她脸上的笑容消失了。

"……啊,嗯……我知道了。"计用微弱的声音回答,将话筒静静放在桌上底座上。

"……"计刚才期待和少女说话的明朗表情不见了,取而代之的是惨白的脸色,气势一蹶不振。少女也停住了手里的工作,一动不动地愣在了那里。

计慢慢伸手摸咖啡杯,确定咖啡的温度,还温热,离冷却还有一段时间。

"……"

计再度看向少女。

这个孩子……

突然之间就见到了女儿。流的话虽然因为有杂音很难听清楚,但大概就是这样的内容。

你本来要去十年后的未来,但不知怎么搞错了,来到了十五年后。大概是把十年后的十五点弄错成十五年后的十点了吧,我们是在你回来之后听说的。现在我们因为不可抗拒的理由在北海道,因为没有时间,所以就不解释了。总之,现在在你面前的孩子就是我们的女儿,虽然只有很短的时间,你也好好看看她健康成长的样子,然后回来吧。

流顾虑时间,说完这些话就把电话挂了。

但是计知道眼前的少女就是自己的女儿之后,反而不知如何开口跟她搭话,与其说混乱和惊慌,不如说后悔。

理由很简单。少女一定知道母亲会在这里出现,而计却以为少女是别人的女儿,两人的态度差异太大了。

刚才计完全没注意到落地钟钟摆的声音,现在听来好像在说"咖啡越来越冷了"。

确实没有时间了。少女阴沉的表情,好像已经回答了"我只能把你生下来,你能原谅我吗"这个问题,计的心里蒙上了一层阴影。

最后计终于勉强挤出一句:"你叫什么名字?"

但是少女却没有任何反应,仍旧低着头一言不发。

"……"

计觉得少女的沉默更像在责备她,她无法忍耐这种沉默,不由得垂下头。

"美纪……"少女小声地说出自己的名字,好像充满哀伤般的微弱声音。

计有好多想问的话,但是美纪微弱的声音,让她觉得女儿好像不想跟她说话,所以她只好回答:"这样啊……"

"……"美纪什么也没有说,只瞪了计一眼,然后很快跑进后面的房间。

这时男人刚好从厨房探出头,叫她:"美纪?"

但美纪不予理会,跑到房间里去了。

"叮叮咚咚",门上的铃铛响了。

"欢迎光临。"

随着男人的招呼,进来的女人穿着白色短袖,黑长裤,系着酒红色的围裙,应该是在大太阳下跑来的,满头大汗,气喘吁吁。

"啊……"

计认识她,准确来说是认识像这个女人的人。计看着气喘吁吁的女人,确实感觉出十五年岁月的流逝。这个女人是白天在计倒下去时问她"你还好吗"的清川二美子。当时的二美子身材苗条,现在则有点发福了。

"美纪呢?"

二美子发现美纪不在,她用质问的口气问那个男人。

二美子知道计会在今天这个时间来,所以她的样子有些急迫。

"在、在里面……"男人在二美子逼问下,慌乱地说道。虽然他没有做错任何事,却一副歉疚的样子挠着右眉的烧伤痕迹。

"真是的……"

二美子叹了一口气,横了那个男人一眼,但没有责怪他的意思,在今天这么重要的日子来晚了,是自己不好。

"现在,是您在经营这里吗?"计以微弱的声音对二美子说。

"嗯,是啦……"二美子直接问了计最不想听到的问题,"你跟美纪说过话了吗?"

"……"计只垂下眼睑,什么也没有回答。

"跟她好好聊过了吗?"二美子继续追问。

"就有点……"计变得不知所措起来。

"我去叫她。"

"不用了!"看到二美子要走进后面的房间,计用态度明确的语气叫住她。

"为什么?"

"已经,足够了……"计艰难地说。

"……"

"我已经看到她了。"

"但是……"

"她好像不想见到我……"

"没这种事！"

二美子毫不客气地否定计的话。

"美纪一直很想见你，她一直非常期待今天的……"

"由此可见，都是因为我才让她这么孤单，不是吗？"

"那个……"

二美子说的"美纪很期待今天"似乎不是谎言，但正如计所说，二美子一直看着美纪思念母亲长大，所以这次她没有否定。

"果然如此……"

计伸手要拿咖啡杯。

"就这样回去了吗？"二美子看见计的动作说道，但不是要阻止她。

"你能替我跟她说对不起吗……"

计这么说让二美子的表情一下严肃起来。

"你这话……"二美子走到计面前，"说得不对！"

"？"

"你后悔生下美纪了吗？说对不起的话，意思难道是没生下她就好了?"

孩子眼下还没生呢,虽然没生,但计毫不犹豫要生。她用力摇头否定了二美子的质问。

"……"

看到计这样,二美子说:"我把美纪叫来吧?"

计没有回话。

"……我去叫她。"二美子不等计回答,就走进后面的房间,二美子也很清楚时间不多了。

"喂……"男人也跟着二美子走进去。

"我该怎么办才好呢?"

现在只剩下计一个人,她直直看着眼前的咖啡。

二美子说的话完全没错,即便如此,自己还是不知道该跟美纪说什么才好。

过了一会儿,二美子搭着美纪的双肩,慢慢从后面的房间里出来。

"……"但是美纪完全不看计,一直低着头。

"难得见面了……"二美子对美纪说。

"美纪……"计想叫她的名字,却发不出声音。

"去吧……"二美子说着抽回手,看了计一眼,静静地走进后面的房间。

"……"二美子离开了,美纪仍旧低着头不说话。

总得想些话跟她说……

计放开握住杯子的手,调整了一下呼吸,问美纪:"你还好吗?"

"嗯。"美纪微微把头转向计,小声回答。她的声音小得几乎听不见。

"你在这里帮忙?"

"嗯。"美纪的回答很冷淡。

"听说流跟阿数都在北海道?"计以快崩溃的心情说。

"嗯。"美纪仍旧不看计,声音越来越小,也没有什么非讲不可的话题,计不由得顺着话锋:"你为什么一个人留在这里?"

啊……

话一问出口计就后悔了。她发现自己在期待美纪说是为了见到妈妈,自己的想法真是太厚脸皮了,她不好意思地垂下眼。

"我呢……"美纪第一次主动小声地跟计说话,"专门负责给坐在那个位子上的人倒咖啡……"

"倒咖啡?"

"嗯,跟数姑姑一样……"

"这样啊。"

"……这是我的工作。"

"这样啊。"

"嗯……"

"……"

对话到这里又断了。美纪也不知道接下来该说什么，只好继续低着头。

计也不知道接下来要说什么，但她有想问的问题。

我只能把你生下来，其他什么都没为你做，你能原谅我吗？

但是计是不会原谅自己的，她让美纪忍受了那么久的孤单。美纪的态度就像是全身都在拒绝任性前来找她的计。

我不该来见她的……

计渐渐没法正视美纪，只好看着眼前的咖啡。咖啡表面微微晃动，已经不再冒热气，杯子的温度告诉计，不久之后她就不得不离开。

我到底是来做什么的？到未来有意义吗？不，没有意义，只是让美纪痛苦而已。我回到过去，无论怎么努力，还是无法改变让美纪孤单的事实，无法改变。

高竹小姐也回到了过去，但房木先生的病并不能治好。

平井小姐也无法避免妹妹去世。

高竹的先生房木得了早发性阿尔茨海默病，几年前开始慢慢失去记忆，用旧姓称呼自己的太太高竹。上个月，房木把高竹完全忘记了，高竹决定以护士的身份照顾他，知道房木有信想交给自己，便回到过去收下了那封信。

平井为了跟车祸去世的妹妹久美见面而回到过去。久美为了劝离家出走的平井回老家，一再到东京来找她，结果在把平井带回家前，就不幸因车祸去世了。出车祸之前，久美也来找过平井，但平井躲起来没见妹妹。

高竹跟平井虽然都回到了过去，但是现实并没有改变。高竹只是收下了信，平井只是见了妹妹一面。房木的病情现在仍日渐恶化，平井则再也不能见到妹妹了。

我也一样，不管在这里做什么，让美纪孤单了十五年的事实也不会改变……

分明是自己想到未来看看的，但计却完全崩溃了。

"冷了就糟了……"

计说着伸手端起咖啡杯。

回去吧！

就在这个时候，一阵意外响亮的脚步声走近，刚才还站在里面房间入口处的美纪，已经来到计伸手可及的距离。

"！"计放下杯子，凝视着美纪的脸。

美纪……

计不知道美纪想做什么，只不过她无法移开视线。美纪就站在她面前，伸手或许就可以触碰到她。

"刚才……"美纪深呼吸了一下，用颤抖的声音说。

"……"计连眼睛都不眨，全神贯注地听美纪要说的话。

"我一直有如果见到你想说的话……"

计也有很多想问美纪的话啊。

"可是到了关键时刻却不知道该说什么……"

"……"计也一样，然后因为害怕美纪的反应，最想问的事都问不出口。

"也就是说……虽然有孤单的时候……"

果然是这样。计光是想象美纪一个人孤零零的样子，就觉得心都要碎了。

我没有办法改变她的孤单。

"但是……"

"……"

"我能出生在这个世界上，真是太好了。"美纪朝计走近一步，羞涩地说。

传达重要的话语需要勇气。美纪为了跟初次见面的母亲表达自己的心意，一定鼓足了全身的勇气。她的声音在发抖，但这是她的真心话。

"我……"

计的眼睛溢出大颗的泪珠。

"我只能把你生下来而已……"

美纪也哭了，她用双手拭去泪水，温柔地笑着对计喊道："妈妈。"紧张而有点高亢的声音，计听得很清楚，美纪叫自己"妈妈"的声音……

"我什么都没为你做……"

计掩住脸，哭得肩膀耸动。

"妈妈……"美纪又叫了一次。她想起来了，离别的时间即将到来。

"……什么？"计抬起头，极力以笑容回应美纪。

"谢谢你……"美纪微笑着说，"把我……生下来……"说完，美纪对计比了一个胜利的 V 形手势。

"美纪……"

"妈妈……"

计在这一瞬间，因为自己是这个孩子的母亲，打心底觉得真是太幸福了，她无法抑止奔流的泪水。

终于明白了。

就算现实不会改变，高竹还是不让大家再以她的旧姓称呼她，对房木的态度也改变了，因为就算房木失去了记忆，她仍要继续当他的妻子；平井舍弃了自己生意兴隆的小店，回到老家，一边修复跟双亲的关系，一边从头开始学习管理旅馆。

现实不是改变了吗？

高竹学会了享受跟房木的对话，虽然房木的态度并没有改变；平井传来的照片中虽然没有妹妹，但她幸福地跟双亲一起合照。

现实并没有改变，改变的是她们两个人。高竹小姐和平井小姐回到过去，她们的"心"改变了。就算现实无法改变，高竹小姐还是再度跟房木先生成为夫妻；平井小姐则继承了旅馆，实现妹妹的梦想。这都是"心"改变了的缘故……

计慢慢闭上眼睛。

我一心只想着自己做不到的事，完全忘了最重要的一点。

二美子这十五年间代替计陪在美纪身边，当爸爸的流把计的这份母爱和自己的父爱一起给了美纪，数代替计亦母亦姐地温柔包容美纪。计发觉自己不在的这十五年间，有多少人关爱、支持着美纪的成长，希望她幸福。

谢谢你健康地长大，你能健康成长，我就觉得无比幸福……所以至少想告诉你这句话……我真正的心情……

"美纪……"

计没有拭泪，就这样带着最灿烂的笑容，对美纪说了一句话。

"谢谢你，出生当我的孩子……"

从未来回来的计哭得不成样子，但不是因为悲伤，在场的所有人立刻都明白了。

流安心地叹了一口气。高竹也哭了。

"欢迎回来。"只有数以看透一切的温柔笑脸说道。

第二天，计就住院了。次年春天，她生下了一个健康的女孩。

不管是回到过去还是前往未来,现实完全不会改变,所以这个座位是不是没有意义呢?

刊登都市传说的杂志如此写道:

只要有心,无论多么艰难的现实,都可以克服。所以就算现实不会改变,只要人的心能改变,这个座位就一定有非常重要的意义。

数对此深信不疑,直到今天,她依然带着冷静的表情说着那句——

"请在咖啡变冷之前……"

希望一切都从一杯热咖啡开始，
冷咖啡结束。

图书在版编目（CIP）数据

咖啡变冷之前 / (日) 川口俊和著；丁世佳译.
北京：北京日报出版社, 2025.3. — ISBN 978-7-5477-5103-9

Ⅰ. I313.45

中国国家版本馆CIP数据核字第2025AV7284号
北京版权保护中心外国图书合同登记号：01-2025-0649

Coffee Ga Samenai Uchi Ni
Copyright © Toshikazu Kawaguchi
First published in Japan in 2015 by Sunmark Publishing, Inc.
Simplified Chinese Language translation rights arranged with Sunmark Publishing, Inc.
through Shanghai To-Asia Culture Communication Co., Ltd
Simplified Chinese Language edition copyright © 2025 by BEIJING ZITO BOOKS CO.,LTD

咖啡变冷之前

责任编辑：	秦　姚
监　　制：	黄　利　万　夏
营销支持：	曹莉丽
特约编辑：	曹莉丽　鞠媛媛　方　莹
版权支持：	王福娇
装帧设计：	紫图图书ZITO®
出版发行：	北京日报出版社
地　　址：	北京市东城区东单三条8-16号东方广场东配楼四层
邮　　编：	100005
电　　话：	发行部：(010) 65255876
	总编室：(010) 65252135
印　　刷：	艺堂印刷（天津）有限公司
经　　销：	各地新华书店
版　　次：	2025年3月第1版
	2025年3月第1次印刷
开　　本：	880毫米×1230毫米　1/32
印　　张：	7.75
字　　数：	130千字
定　　价：	55.00元

版权所有，侵权必究，未经许可，不得转载

上架建议: 文学·小说
ISBN 978-7-5477-5103-9
定价: 55.00元